북마녀의
웹소설
프로듀싱
아카데미

일러두기

웹소설 시장은 계속 변화하고 있습니다. 플랫폼 정책 및 장르의 현황이 시간의 흐름, 사회적 이슈에 따라 이 책에서 설명한 내용과는 다른 양상으로 진행될 수 있습니다. 또한 웹소설 PD의 업무 진행 방식 역시 업체마다 조금씩 차이가 날 수 있습니다.

북마녀의 웹소설

신인 작가, 신입 PD를 위한
출판 시스템 완벽 공략집

북마녀 지음

프로듀싱 아카데미

요다

차례

PART 1. 무한 경쟁 웹소설 시장 본격 해부

PART 2. 헐레벌떡 웹소설 출간의 실체? 실제!

PART 3. 상상 초월 웹소설 PD의 속사정

지P지기면 백전백승!
신인 작가도 신입 PD도 미리 알면 속 편하다

알아야 보이는 웹소설 시장

웹소설 시장이 부흥하면서 웹소설을 주제로 다루는 유튜버가 늘어났다. 그러나 시청자들이 북마녀 유튜브 채널을 보는 까닭이 다른 채널과 완벽하게 같지는 않다. 작가 지망생을 위한 창작 멘토라는 포지션과 함께 편집자의 정체성을 내세우며 시장 분석과 출판사 입장을 이야기하는 경우는 거의 없기 때문이다.

작가는 출판사의 시스템을 깊숙이 알기 힘들다. 출간 이력이 있다고 해도 일부 업체에 한정된 경험인 데다 개인차가 크다. 여러 권을 내도 마찬가지다. 현황이 이렇다 보니 출판사 업무에 관한 질문이 북마녀에게 몰릴 수밖에 없다. 담당 편집자와의 소통에 관해 묻는 작가는 기본이고, 웹소설 PD를 꿈꾸는 취업 준비생부터 이직을 준비하는 편집자까지 여러 상황에 처한 사람들이 각양각색의 질문을 던진다.

심지어 웹소설 표지 일러스트레이터를 꿈꾸는 지망생들의 질문도 자주 들어온다. 웹소설 표지 일러스트레이터의 경우, 독자적으로 커리어를 쌓는 것이 불가능하다. 클라이언트인 출판사와 외주 계약을 맺고 일해야 하기에 출판 시스템을 잘 알아두면 좋다.

더불어 웹소설 부서를 새로 만들고자 하는 일반서 출판사들 역시 자문해오곤 한다. 실상 작가에게 웹소설 출판사를 어떻게 차릴 수 있는지, 웹소설 PD가 되려면 어떻게 해야 하는지 물어볼 수는 없을 것이다. 물어본다고 해도 정확한 답변이 나올 수 없을 테니까.

요즘 웹소설 시장은 원천 콘텐츠뿐만 아니라 IP 사업으로도 어마어마한 매출을 올리고 있어 수많은 이들이 주시하고 있다. 하지만 실질적인 정보를 쉽게 구할 수 없는 것이 현실이다.

현재 시장에 유통되는 웹소설 작법서에서는 웹소설 PD나 출판사의 업무 및 경영에 관한 내용을 찾아볼 수 없다. 이 작법서들은 출판 관계자가 아닌 웹소설 작가 지망생을 대상으로 하기 때문이다. 북마녀의 저서 중 『억대 연봉 부르는 웹소설 작가수업』(허들링북스)에서 출판 계약 등 실무 관련 이야기를 조금 더 풀기는 했지만, 이 역시 초보 작가만을 위한 책이므로 출판 실무자에게 도움이 될 정보를 깊이 있게 다루지는 않았다. 또한 출판사 창업이나 독립 출판을 소개하는 도서에서도 웹소설 출판에 관한 정보는 찾아보기 어렵다.

아무리 오랜 경력을 쌓은 출판 관계자여도 웹소설 업계에 몸담지 않은 이상 웹소설 시장에 관해 자세히 알기란 불가능하다(반대로, 웹소설 출판사 직원 중에는 사회 초년생 시절 일반서 출판사를 다닌 사람이 꽤 많아서 일반서 쪽을 알 가능성이 있다). 그만큼 웹소설 시장은 문학을 포함한 일반서 시장과 완전히 다르며, '웹'소설이지만 일반서의 전자책 시장과도 명백히 다르다. 웹소설 시장에 성공적으로 진출해 효율적인 시스템을 구축하고 싶어도 아무런 정보가 없다면 첫발부터 난항을 겪게 될 것이다.

간단한 예를 들어보겠다. 출판 관계자라면 출판 계약서에 '완성 원고'라는 단어가 나온다는 사실을 당연히 알 것이다. 사실 일반서 분야는 이 '완성 원고'가 들어오고 나서부터 편집 업무가 본격적으로 시작된다. 그런데 웹소설 시장에서는 유통과 프로모션 특성상 미완성 상태에서 편집 업무가 본격적으로 시작되는 것도 모자라, 끝이 보이지 않을 만큼 긴 시간 동안 편집이 계속되기도 한다. 원고의 퀄리티 역시 일반서와는 달리 들쑥날쑥하다. 물론 일반서도 편집자가 저자 대신 원고를 쓰다시피 하는 경우가 존재하지만, 적어도 '문학'에서는 그런 일이 일어나지 않기에 비교한 것이다. 출판 시스템이 다를 수밖에 없는 중요한 차이점이다.

이 책은 출판 전문지 〈기획회의〉에서 연재했던 시리즈를 수정·보완한 내용을 담고 있다. 웹소설 PD를 지망하는 취업 준비생과 직업 전환을 고민하는 분, 웹소설 출판을 꿈꾸는 출판 관계자를 위해 웹소설 시장의 출판 시스템을 완벽하게 정리했다. 여기에 연재가 끝난 후 변화한 시장의 트렌드와 지면 관계상 담지 못한 내용, 신인 작가들이 알아두면 좋은 정보 등을 추가해 훨씬 더 풍성하게 풀어냈다.

크게 웹소설 시장의 중요한 특성과 독자의 니즈 등을 설명하는 파트와 웹소설 PD의 실무를 구체적으로 전달하는 파트로 나눠 구성했다. 독자와 플랫폼 그리고 장르 등 웹소설 시장의 면면을 상세히 살펴보고, 이후 웹소설 PD의 단계별 업무를 속속들이 풀어나갈 것이다. 또한 웹소설 부서 세팅을 어떻게 해야 하는지까지도 알려드릴 계획이다. 조금은 신랄한 말투로 꼬집는 이야기도 나올 텐데, 실무자로서 현실적인 문제와 애환을 언급한 것이니 부디 오해 없길 바란다.

프로 작가를 꿈꾸는 지망생과 이제 막 계약 및 출판 과정을 경험하며 시행착오를 겪는 신인 작가, 신입 PD를 포함한 출판 관계자에게 큰 도움이 되리라 자신한다. 특히 아직 출판사와 계약하지 않았거나, 계약했어도 진행 과정을 잘 알지 못해 담당자와의 소통이 부담스러운 초보 작가들이 꼭 읽어주길 바란다. 웹소설 시장과 웹소설 출판사의 시스템을 파악하고, 출판사의 업무를 간접 경험해보자. 출간 작업을 순조롭고 평온하게 이어갈 수 있을 것이다.

이 책은 한마디로 장차 웹소설계를 이끌어나갈 두 직업인, 즉 웹소설 작가와 PD를 위한 필독서다. 더 이상 불분명한 익명 댓글과 불확실한 소문에 흔들리지 않아도 된다. 책의 내용을 전부 숙지하고 업무에 적용한다면 웹소설 시장에 10년 이상 발을 담갔던 것처럼 경력직 같은 신입 PD, 기성 작가 같은 신인 작가가 될 수 있다.

웹소설 시장, 정말 꽃길일까?

이렇듯 모든 출판 관계자와 작가가 주시하고 있는 웹소설 시장, 정말 꽃이 만발한 곳일까? 시장 전체로 보면 어느 정도 사실이다. 일반서 시장이 매년 불황을 거듭하는 반면, 웹소설 시장은 폭발적인 상승세를 타고 있다. 한국출판문화산업진흥원에 따르면, 국내 웹소설 산업의 매출 규모는 2020년 6,000억 원대로 커졌고, 2022년 8,000억 원대로 추정, 2024년에는 약 1조 원에 육박한 상태다.

　코로나19로 인해 잠시 좋아졌던 종이책 시장의 매출은 사회적 거리두기 정책이 완화되면서 다시 떨어졌다고 하지만, 웹소설 시장은 크게 영향을 받지는 않았다. 다만 작품 수가 증가하고 경쟁이 치열해지면서 각 작품의 평균 매출이 떨어지는 경향을 보이고 있다. 이는 포스트 코로나 문제라기보다는 그야말로 웹소설 시장이 커지며 불가피하게 생긴 현상이다. 이제는 포화 상태라 독자가 늘어나지 않는다는 이야기도 웹소설 시장 내부에서 들리지만, 그렇다고 확연히 줄어든 것도 아니다.

　웹소설 시장의 소비자는 절대적으로 많은 수가 아니다. 같은 시기에 여러 작품을 한꺼번에 읽는 코어 독자가 많고, 이들 위주로 시장이 돌아간다. 일반서 독자보다 더 쉽게 결제하고, 더 많은 분량을 읽고, 더 지속적으로 소비한다. 이것이 바로 웹소설 매출 규모가 계속 성장하고 유지되는 까닭이다.

일반서 문학 시장에서는 극소수 작가에게 매출이 몰리지만, 웹소설 시장에서는 매출을 일정 수준 이상 올리는 '일부' 작가의 수가 일반서 쪽보다 훨씬 많다. 같은 바늘구멍이어도 그 크기가 다르다는 뜻이다.

그뿐만 아니라, 웹소설은 IP 사업의 원천 콘텐츠로서 가장 활발하게 유통되는 소스다. 웹소설 원작 자체로도 인기가 높지만 드라마, 웹툰 등 매체를 넘나들면서 OSMU의 기반이 되고 있다. 같은 이름의 콘텐츠가 다른 매체로 제작되어 공개될 경우, 원천 콘텐츠인 웹소설 역시 함께 재조명받으면서 매출이 다시금 높아진다. 실제로 〈재벌집 막내아들〉(2022)의 동명 원작 웹소설은 2017~2018년에 연재 및 완결된 작품이지만 드라마 첫 화가 방영된 후 역주행해 1위에 오르는 기염을 토한 바 있다.

웹툰 역시 주목해야 한다. 웹소설 시장의 파이가 웹툰 시장에도 있다. 한국콘텐츠진흥원에 따르면 국내 웹툰 시장 규모는 2020년 기준 1조 538억 원이다. 그런데 2019년부터 웹소설을 원작으로 제작된 웹툰이 기하급수적으로 늘어났고, 이렇게 2020~2022년에 론칭한 그노블 코믹스의 일부 매출은 웹소설 시장의 매출로도 잡힐 수 있다. 2차 판권 사업의 저작권료가 웹소설 시장으로 넘어오기 때문이다. 다시 말해 웹툰 시장 매출의 일부는 웹소설 시장으로 편입된다는 뜻이다.

이 시점에서 실무자들이 기억해야 할 점은 웹소설 시장의 성장과 발전 및 IP 사업 진출이 특정 장르에 국한되어 있지 않다는 사실이다. 아래에서 예시로 든 작품 외에도 웹소설 시장 내 수많은 장르 작품의 IP 사업이 확장되어 각종 콘텐츠 제작이 이루어지고 있다.

현대 판타지 『재벌집 막내아들』: 웹툰 · 드라마

판타지 『전지적 독자 시점』: 웹툰 · 오디오북(중국) · 영화(개봉 예정) · 애니메이션(제작 예정)

판타지 『나 혼자만 레벨업』: 웹툰 · 게임 · 애니메이션(일본)

무협 『화산귀환』: 웹툰 · 오디오 드라마 · 애니메이션(제작 예정)

현대 로맨스 『내 남편과 결혼해줘』: 웹툰 · 오디오 드라마 · 드라마

동양풍 로맨스 『옷소매 붉은 끝동』: 웹툰 · 드라마

로맨스 판타지 『상수리나무 아래』: 웹툰 · 네 컷 만화 · 오디오 드라마 · 애니메이션(제작 예정)

BL 『시맨틱 에러』: 웹툰 · 애니메이션 · 오디오 드라마 · 드라마 · 영화

웹소설 시장이 정말 이렇게 꽃밭이라면 모든 웹소설 출판사가 하나같이 꽃길을 걷고 있다는 뜻일까? 웹소설 시장의 매출 규모가 큰 것은 사실이지만 그만큼 경쟁도 치열하다. 하루에도 수십 종씩 새로운 작품이 쏟아져 나오는 시장에서 어떤 작품은 대박을 터뜨리고 그러지 못한 작품은 사장되어 심해에 묻혀버린다.

모든 웹소설 작가가 억대 연봉을 벌지는 못한다. 한마디로 연봉이 10억인 작가와 통장에 '치킨값', '커피값' 금액이 찍히는 작가가 공존한다. 이것은 통계의 함정이다. 직장인의 평균 월급은 왜 내 월급보다 높게 느껴질까? 대기업 임직원의 연봉이 반영되면 평균치는 높아질 수밖에 없다.

하지만 사람들은 진실에는 관심이 없다. 대중의 시선은 오로지 '억대 연봉 웹소설 작가가 ○○○을 현금으로 지름!'과 같은 자극적인 이슈에 꽂혀 있을 뿐이다. 이 '대중'에는 웹소설 시장 밖에 있는 출판인과 웹소설 시장에 엄지를 담그고 있는 작가 지망생도 포함되어 있다.

지금 치킨값 버는 작가를 안타깝게 바라볼 때가 아니다. 그 일이 내 일이 될 수도 있다. 또한 작가의 통장에 들어가는 돈은 저작권료이며, 출판사가 순수익에서 수익 배분을 하여 지급한 금액이다. 어느 웹소설 출판사가 수익으로 사옥을 지을 때, 어느 업체는 직원 월급도 못 줄 수 있다.

또한 플랫폼이라는 '거대 악'까지는 아니지만 웹소설 출판사가 고통을 감내해야 하는 무시무시한 존재도 있다. 플랫폼은 쉽게 말하면 웹소설 시장의 온라인 서점이라 할 수 있으나 단순히 '서점'의 역할과 기능만 하는 곳이 아니다. 웹소설 시장에서 플랫폼은 크나큰 영향력을 행사하는 유통처이며, 출판사에는 사실상 '갑'이라 할 수 있겠다. 이 책을 계속 읽어나간다면 웹소설 플랫폼과 독자에 관하여 완벽하게 이해할 수 있을 것이다. 꽃길까진 아니어도 웹소설 시장에서 '입구 컷'을 당하지 않도록 세세한 지식과 정보를 모두 알려드리겠다.

어떤 사람들이 웹소설을 출판하고 싶어 할까? 웹소설 시장에 진입하려는 출판인은 다음의 두 경우로 나뉜다. 어느 쪽이든 문제가 있지만 누가 성공할지는 아무도 모른다. 웹소설 부서를 성공적으로 이끌고 싶다면 이 책을 끝까지 읽되, 경영진은 책 속 부록을 반드시 확인하라.

TYPE 1. 웹소설이 돈줄이라던데 우리도 그거 내봐!

과장된 표현 같겠지만 언제나 현실은 소설보다 더하다. 매출로 타박하던 대표가 이런 말을 던지면 지금까지 웹소설을 전혀 다뤄본 적 없던 실무자들은 정신이 혼미해진다. 어디서부터 뭘 어떻게 해야 할지 눈앞이 깜깜한 이들은 일단 검색을 해보고 '북마녀'를 발견하게 된다. 앞에서 언급했듯이 작가한테 물어볼 수는 없는 노릇이니까. 바로 이것이 일반서 종이책 시장에서는 내로라할 인지도를 갖춘 출판사의 본부장이나 부서장이 북마녀에게 자문하러 오게 되는 전말이다.

그래도 출판사의 틀을 이미 갖추고 경험치가 있는 상태에서 웹소설 부서를 만들려는 상황이므로, 차이점만 확실히 인지하고 부서 지원 및 업무 지원을 제대로 할 수 있다면 생각보다 수월하게 자리 잡을 수 있다. 물론 그 지원이 매번 문제가 되지만 말이다. 실제로 너무 적은 예산으로 부서를 운영하다가 성과를 이유로 웹소설 사업을 접는 출판사가 적지 않다.

TYPE 2. 나도 웹소설 출판사를 차려볼까?

부업 혹은 본업으로 웹소설 출판사를 창업하려는 개인도 넘쳐난다. 이들은 일반서 시장에서 활동하는 1인 출판사 대표나 독립 출판 창작자와는 다르다. 아무래도 개인이다 보니 처한 상황이 다양하다. 웹소설 독자로 지내다가 퇴직금을 쏟아부어 웹소설 출판사를 차리려는 사람, 웹소설을 전혀 모르는 문외한이지만 돈이 되는 시장이니 작가 매니지먼트를 해보겠다는 사람, 그리고 자신이 웹소설 작가인데 출판사 수익이 쏠쏠해 보여서 직접 출판사를 운영하려는 사람…… . 웹소설 시장의 매출과 성장에 관한 기사가 나올 때마다 이런 분들의 메일을 받는다. 조심스럽게 답변하면서도 내심 걱정스럽다. 첫 번째 경우와는 달리, 출판사 경영 경험은 물론 편집자로서의 경험도 전혀 없는 상대이기 때문이다.

이런 (예비) 대표들은 안타깝게도 하나같이 '내가 실무를 몰라도 편집자를 뽑으면 된다'고 생각하면서 사업 자금을 쏟아붓는다. 과거에 이렇게 설립된 업체 중 지금껏 살아남은 곳이 없지는 않지만, 리스크가 훨씬 더 큰 것은 사실이다. 지금도 이런 작은 출판사와 사이트가 우후죽순 생겼다가 사라지기를 반복하고 있다.

웹소설 시장의 플랫폼과 주요 인기 장르에 관한 기초 지식이 탄탄
해야 PD의 실무와 출판 시스템을 온전히 이해할 수 있다. 어느 정
도 웹소설 시장을 알고 있는 신인 작가여도 몰랐던 내용이 꽤 있을
것이다. 왕초보 작가 지망생이라면 더욱 유심히 살펴보자. 시장 전
체를 바라보는 눈이 트일 때 웹소설이 조금 더 가까워진다.

PART 1

무한 경쟁 웹소설 시장
본격 해부

웹소설 플랫폼,
달콤냉랭한 '갑'들의 전쟁

웹소설 플랫폼이란 무엇인가

웹소설은 원론적으로 물성이 따로 없는 디지털 파일이니 유통 역시 온라인으로 하게 된다. 이에 따라 온라인 전문 유통 업체가 필요하다. 시장 초기에는 인터넷 사이트 형태가 주를 이루었으나 1인 1스마트폰 시대에 접어들면서 모바일 애플리케이션도 필수 세팅 조건이 됐다. 유통사의 경영 정책에 따라 PC 기반 사이트&애플리케이션, 혹은 애플리케이션만으로 유통이 이루어진다. 뷰어(전자책 속 콘텐츠를 구현하는 프로그램) 기능이 애플리케이션에 적용되어 있어 상품 판매처와 뷰어 역할을 동시에 하는 곳이 대부분이다. 웹소설 시장에서는 '플랫폼'이라는 용어로 통합하여 정의한다. 일반서 시장의 '온라인 서점'이라는 명칭과는 사뭇 다른 모양새다.

웹소설 시장에서 플랫폼은 크나큰 영향력을 행사하는 유통처다. 웹소설 플랫폼을 바라보는 편집자의 관점은 독자나 작가의 시각과는 완전히 달라야 한다. 편집자는 상품 공급자이자 판매자이며, 마케터의 일부 역할을 겸한다. 한편으로 사람과 보석을 낚는 어부이기도 하다. 각양각색의 플랫폼에서 계약할 만한 작가와 작품을 매의 눈으로 물색해야 하기 때문이다. 웹소설 PD에게 플랫폼이란 상품을 진열할 마트이면서도, 크고 작은 작가들이 헤엄치는 드넓은 바다라 할 수 있다.

슈퍼 파워, 그래서 슈퍼 '갑' 출판 플랫폼

웹소설 시장의 플랫폼은 크게 출판 플랫폼과 자유 연재 플랫폼으로 나눌 수 있다. 출판 플랫폼은 ISBN을 등록한 상품을 '유통'할 수 있는 유통처이지만 해석이 갈릴 여지가 있어 '출판 플랫폼'이라 부른다(이 플랫폼 용어는 유튜브 영상 및 강의를 통해 북마녀가 최초로 정한 것이다). 출판 플랫폼에서는 개인이 자유로이 원고를 올릴 수 없고, 해당 플랫폼과 유통 계약을 맺지 않은 출판사 역시 작품을 등록할 수 없다. 한마디로 작가 개인이 마음대로 카카오페이지나 네이버 시리즈, 리디 등에 자신의 원고를 유통하는 것이 시스템상 불가능하다.

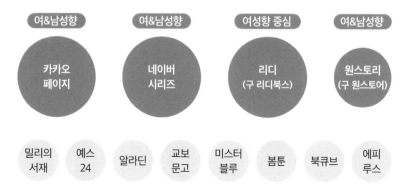

웹소설 출판 플랫폼

여&남성향	여&남성향	여성향 중심	여&남성향
카카오 페이지	네이버 시리즈	리디 (구 리디북스)	원스토리 (구 원스토어)

밀리의 서재　예스 24　알라딘　교보 문고　미스터 블루　봄툰　북큐브　에피 루스

웹소설 시장 내 플랫폼. 이 중 카카오페이지, 네이버 시리즈, 리디가 가장 영향력이 큰 업체다.

① 카카오페이지

카카오의 콘텐츠 계열사인 카카오엔터테인먼트에서 운영한다. 웹소설 시장의 역사 속에서 카카오페이지(이하 '카카페')는 후발 주자였다. 이른바 '1기' 때는 일반 문학에 치중했다가 사실상 실패했으나, 이후 전략적으로 웹소설에 집중했고 '기다리면 무료'라는 파격적인 프로모션을 만들어 2015년 전후로 급부상했다. 국민 메신저인 '카카오톡'을 통해 전 국민을 대상으로 물량 공세 및 홍보를 할 수 있다는 점은 현재까지도 효과를 누리는 특장점이다.

카카페는 현재 웹소설 시장에서 명실상부 1위 플랫폼이라 할 수 있다. 물론 수수료 등 계약상의 문제 때문에 작가와 출판사의 불만도 적

지 않다. 하지만 작품이 론칭될 때 '기다리면 무료'(이하 기다무) 프로모
션 기회를 얻을 경우 평균적으로 수익이 높게 나와서 작가들의 선호도
가 가장 높다.

판타지, 현판(현대 판타지), 로맨스, 로판(로맨스 판타지), 무협 등 웹소
설 주요 장르가 골고루 잘되는 곳이다. 출판 플랫폼 중 로판이라는 장
르를 빠르게 도입하고 독자적인 카테고리로 키운 곳이 카카페이다 보
니 로판이 가장 잘 팔린다는 이미지가 있으나, 실제로는 남성향 장르
인 현판과 판타지 역시 무척 잘되고 있다.

카카페는 15금(15세 미만 구독 불가) 등급 이하의 작품 유통을 기본
정책으로 취한다. 그래서 비교적 근래 신설하여 강하게 밀고 있는 BL
카테고리에서도 15금 작품들을 볼 수 있다. BL은 대체로 19금 작품이
주력인 장르라 BL 독자로서는 불만족스러울 수밖에 없다. 그러나 필
연적으로 2차 IP 사업 확장이 용이한 작품들이 모이게 되므로 플랫폼
입장에서는 효율적인 정책이다.

웹소설을 원작으로 한 동명 웹툰(노블 코믹스)의 론칭도 카카페에서
활발히 진행되는 편이다. 웹소설 원작이 카카페에서 독점 론칭해 성
공했는데, 노블 코믹스가 다른 플랫폼에서 먼저 론칭되는 경우는 거의
없다.

카카페는 업계 파워 1위 플랫폼인 만큼 프로모션 기회를 얻기 위
한 원고 심사 대기 줄이 매우 길다. 한 2월경이면 카카페의 그해 상반
기 론칭 일정은 이미 다 짜여 있으며 하반기 중간까지도 거의 찼다고

봐도 무방하다. 특이점이 있지 않은 이상 최소 6개월은 기다려야 심사 결과가 나온다.

여성향 15금 작품은 통상 카카페에 심사 신청을 한 다음, 작가는 원고 집필, PD는 편집 작업을 하고 있다가 카카페 심사에서 떨어질 경우 네이버 시리즈에 심사를 신청하는 순서로 진행하는 경우가 많다. 작가가 시리즈에서 잘된 전적이 있어도 카카페에서는 그 데이터에 접근할 수 없다. 솔직히 S급 작가가 아니라면 카카페는 시리즈 내 성적에 무관심한 편이다.

편집자로서 계속 지켜봐야 하는 문제는 바로 프로모션이다. 기다무는 오늘날의 카카페를 있게 한 1일 1회차 무료 감상 형식의 대표 프로모션이지만, 그동안 여러 변주를 거쳐 '삼다무(세 시간마다 무료)'로 대표 프로모션을 전환했다. 이 전환을 통해 시장 전체에서 여러 가지 변화가 생기고 작가들이 받아들이는 매출 규모도 크게 달라졌다.

그 밖에 좋은 작품 라인업을 보유한 출판사에 투자하고 지분을 확보해가거나, 누가 봐도 성공할 것 같은 작품이 들어올 시 플랫폼에 유리한 조건을 붙이는 정책을 취한다는 점에서 출판사 입장에서는 양날의 검이라 할 수 있다. 그렇다고 마냥 피하기에는 얻을 수 있는 떡이 너무 크니 좋은 거래 관계를 유지해야 하는 플랫폼이다.

과거, 카카페는 다른 플랫폼과는 달리 한글 문서(hwp) 편집본을 이미지 파일(jpg)로 변환해 유통해야 하는 특이점이 있었다. 실무자 입장에서는 아주 불편한 추가 업무였다. 그런데 이 제작의 불편함 때문에 오히려 뜰 만한 작품만 모이게 되면서 소 뒷걸음치다가 쥐 잡은 격인 결과가 나타난 바 있다. 그러나 현재는 가독성 및 뷰어 문제 개선을 위해 이퍼브(epub) 파일 형태로 바뀌었다.

카카페에서는 회차별 연재를 기본으로 한다. 모든 회차를 뭉텅이로 엮어 제작한 단행본 형식을 팔지 않는 것은 아니다. 그래도 카카페에는 단행본 구매자가 많지 않다고 봐야 한다. 카카페 독자들은 정주행하더라도 연재 회차를 사는 경향이 있다. 하지만 그동안 밀리언셀러 완결작들이 쌓인 만큼 최근에는 카카페에서도 단행본 세트 할인을 적극적으로 홍보하고 있다. 이는 '완결작은 리디에서 단행본으로 본다'는 웹소설 독자의 암묵적 룰을 깨고 추가 매출을 확보하려는 전략으로 분석할 수 있다.

또 다양한 장르가 잘되는 곳이기에 독자층이 여러 세대에 걸쳐 골고루 분포되어 있다. 로판의 독자층이 초등학교 고학년(여성)부터 시작되므로 다른 유통처보다 평균 연령이 낮다는 특징이 있다. 그렇다고 윗세대들이 카카페에 적다는 뜻은 아니며 독자 연령대가 비교적 넓게 분포되어 있다는 말이다.

과거 카카오페이지는 네이버를 따라 무료로 연재되는 '정식 연재'(이하 '정연')를 키우는 모습을 보였다. 한데 현재 정연 코너(요일 연재)의 위치가 뒤로 밀렸다는 사실은 시사하는 바가 크다. 참고로, 장르에 따라 조금씩 다르지만 카카페 정연은 보통 일정 기간 무료 연재 후 기다무로 전환되는 구조였으나, 이제 연재 예정분 미리 보기의 유료화를 통해 매출 신장을 꾀하는 방향으로 정책 변화가 이루어진 것으로 보인다.

작가들은 정연을 개인의 완벽한 직접 계약으로 인식하는 경향이 있다. 그러나 상황에 따라 출판사를 통한 정연을 선호하기도 한다. 출판사가 기다무로 심사를 신청했는데 카카페에서 정연으로 역제안하는 경우가 자주 있었다. 플랫폼의 태도는 시장 상황과 해당 플랫폼의 매출 현황에 따라 계속 달라진다는 점을 기억하자.

⊗ ⊖ ⊙   **카카페가 19금을?**

여성향 웹소설 장르에서 19금 장편을 쓴다면 19금 원본은 리디에, 15금 편집본은 카카페나 시리즈에 넣는 것이 오랫동안 웹소설 시장에서 이어진 유통의 기본 원칙이었다. 그런데 2022년 말 여성향 장르 한정으로 19금 작품들이 카카페에서 유통되기 시작했다. 구작(출간된 후 시간이 한참 지난 작품)들의 19금 원본이 거의 쏟아지듯이 카카페로 들어왔다. 카카페가 등급 정책을 변경한 것이다.

현재는 앱 기능까지 개발하여 19금과 15금 버전을 동시에 론칭하는 방식으로 신작의 독점 출간이 진행되고 있다. 그렇다고 모든 신작이 두 버전을 동시에 론칭할 수 있는 것은 아니다.

어쨌든 MD의 심사 역시 동시 론칭을 고려하는 방향으로 바뀌었기 때문에 작가들이 준비할 것도 늘어났다. 이는 카카페의 영업 이익을 늘리기 위한 고육지책이면서도, '원본은 리디 가서 본다'는 소비자들의 잠재된 인식을 없애고 리디를 경계하기 위한 물리적 계책으로 판단된다. 실제로 19금 버전까지 쓸 수 있는 장편 작가들이 은근히 흔들려서 움직이고 있다.

---

② 네이버 시리즈

한국의 '웹소설'이라는 용어는 네이버가 '오늘의 웹소설' 코너를 만들면서 시작됐다. 사실상 웹소설 시장을 연 곳이 네이버이지만, 2010년대 중반부터 이어진 카카페의 초고속 성장으로 인해 한때 영향력이 위축되기도 했다.

하지만 웹소설 시장 밖에 있는 이들의 관점에서는 오히려 네이버 쪽이 더 큰 입지를 다지고 있는 것처럼 보인다. 아무래도 『재혼 황후』, 『화산귀환』, 『재벌집 막내아들』 등 네이버 측 초대박 인기작의 IP 사업이 대중의 눈에 더 띄었고, 네이버에서도 영상 광고를 집중적으로 띄우는 등의 행보로 웹소설 독자가 아닌 사람들의 시선을 끌거나 그들을 플랫폼으로 끌어들였기 때문이다. 현재는 카카페와 함께 웹소설 시장 내 쌍벽을 이루는 플랫폼으로서 치열한 경쟁을 펼치는 중이다.

네이버는 모두가 알다시피 포털 사이트 기업이고, 웹소설 판매 코너와 웹소설 자체 연재 코너가 전부 네이버 사이트 안에 들어가 있다. 이 중 웹소설 판매 코너가 바로 '시리즈'이며, 별도의 애플리케이션으로도 개발되어 있다. [시리즈에디션(구 '오늘의 웹소설')]-[베스트리그]-[챌린지리그]로 이어지는 연재 코너는 2강에서 이야기할 자유 연재 플랫폼이며, 출판 플랫폼인 시리즈와는 완전히 다른 곳이라는 점을 유념하자. 단, 시리즈에디션 코너에서 플랫폼과의 직접 계약으로 연재되는 작품은 시리즈에서도 볼 수 있고, 네이버웹툰의 수익 구조와 마찬가지로 미리 보기 수익을 얻게 된다.

네이버 시리즈는 원래 현대 로맨스와 남성향 장르의 힘이 월등히 강했던 곳이다. 그러나 카카페의 로판 독주를 막고자 전략적으로 큰 예산을 집행해 출판사들의 로판 작품을 끌어들이고 당시 오늘의 웹소설(현 '시리즈에디션') 코너에 로판을 쏟아부었다. 현재는 카카페를 상당히 따라잡았지만, 한때 카카페 쪽 로판에 비해 배경만 서양풍으로 바꾼 현대 로맨스(현로) 느낌이 난다는 평가를 받았다. 여기에는 네이버 시리즈의 독자와 작가 연령대가 카카페보다 비교적 높은 것의 영향도 있어 보인다.

이쯤에서 전후 관계를 짚어보자면, 로판이라는 장르가 카카페에서 크게 인기를 얻으면서 현로 위주로 쓰던 작가들이 대거 로판 집필에 도전한 시기가 있었다(물론, 지금도 그 시도는 계속되고 있다). 이때 로판의 트렌드와 조아라 연재 시스템에 적응하지 못하는 이가 많아 자유연재 성적이 좋지 않았다. 그 결과 다수의 작품이 카카페에서 프로모션 기회를 얻지 못했다. 다시 말해 카카페 기무 심사에 통과하지 못했다. 이 작품들은 대신 시리즈로 들어가게 됐다. 그래서 분명히 로판인데 묘하게 현로의 감성을 띤 작품들이 시리즈 쪽에 유난히 자주 나타나게 된 것이다.

그래도 이후 상황은 확실히 달라졌다. 2024년 기준으로 네이버 론칭작에서 이런 느낌은 대부분 사라졌으므로, 플랫폼별 로판의 차이가 아주 심하다고 단언할 수는 없게 됐다.

시리즈에서 눈에 띄는 장르는 동양풍 로맨스다. 주요 독자층도 동양풍을 편하게 보는 연령대이고 2차 판권 사업 진행이 잘되는 편이다. 반면, 시리즈에서 BL은 카카페에서보다 힘이 더 약해진 상황이다. 카카페는 오히려 BL을 키우려는 시도를 해왔으나 시리즈는 BL을 유치하려는 생각이 없어 보인다. 시리즈에는 웹소설 주요 장르와 함께 미스터리, 라이트 노벨 카테고리도 존재하지만 유명무실한 상태다.

네이버는 2021년 하반기에 남성향 웹소설 연재 플랫폼인 문피아의 최대 주주가 됐다. 이후 지상최대 웹소설 공모전 등 신인 발굴과 남성향 주요 장르 강화 등을 위한 전략을 문피아 중심으로 펼치고 있다는 점도 유의미하게 지켜봐야 한다.

초기부터 15금 유지를 외쳤던 카카페와는 달리 시리즈는 늘 19금도 판매 가능하다는 입장이었고 완전판 앱을 별도로 만드는 등 다양한 정책을 펼쳤다. 그러나 그 정책이 무색하도록 유통 전 콘텐츠 검수 작업을 매우 엄격하게 한다. 이 때문에 같은 가격에 똑같이 19금 딱지가 붙어 있는 동일한 작품인데 리디에서는 원본이, 시리즈에서는 일부 삭제된 버전이 유통되는 진풍경이 벌어졌다. 19금인데도 삭제되는 구간이 있는 것이다.

네이버가 단순히 웹소설 플랫폼 기업은 아니다. 그래서 음란성이나 폭력성 문제가 발생하면 사회적 시선이 더 집중되는 억울한 면도 없지 않다. 사업적으로 모기업과 시리즈는 서로 분리되어 있다. 시리즈는 모기업이 아닌 네이버웹툰 주식회사 소속이다.

그러나 대중은 경영 분리에 관심이 없다. 사회적 관점에서 시리즈는 네이버가 운영하는 웹소설 코너일 뿐이다. 이러한 기업적 특성 때문인지 시리즈의 검수 기준은 매우 엄격하며 시장 전체에서 가장 철저하다. 다만, 사람이 하는 일이다 보니 작품마다 검수 결과의 차이가 있다. 또 맥락과 뉘앙스, 시대의 변화를 반영하는 것이 아니라 표현의 원칙만 살피게 되므로 '이게 어떻게 15금으로 통과됐느냐, 어째서 통과되지 않느냐' 하는 논란이 생기기도 한다. 어쨌든 웹소설 작가와 편집자는 다양한 노하우로 검수 기준을 피하면서 수위를 유지하려는 노력을 기울이고 있다.

시리즈에서는 같은 작품으로 연재본과 단행본을 모두 판매할 수 있지만, 가격을 동일하게 맞추어야 하므로 편집 담당자의 철저한 계산이 필요하다. 또한 연재 기반의 론칭 프로모션을 다채롭게 개발하고 있으니 추이 역시 주의 깊게 살펴야 한다.

시리즈의 프로모션 심사는 카카페만큼 오래 걸리지는 않는다. 최근에는 심사 기간이 길어지는 추세이지만, 빨리 진행될 경우 한두 달 안에 론칭 날짜가 잡힐 수 있다. 그러므로 시리즈에서 론칭을 고려하고 있다면 사전 제작이 거의 완료된 상태에서 심사를 신청하는 것이 좋다.

③ 리디(구 리디북스)

웹소설 시장 내 다른 주요 플랫폼은 모기업이 따로 있지만, 리디는 온전히 장르 소설 전자책 유통을 주요 사업으로 하는 기업이다. 그중에서도 여성향 19금 단행본으로 성장한 플랫폼이니 웹소설 시장 밖에 있는 사람들은 리디의 존재조차 알지 못하는 경우가 대부분이다. 또한 15금 웹소설 위주로 보는 독자 역시 리디를 모르는 경우가 꽤 있다. 남성 독자는 웹소설을 읽더라도 리디를 모르거나, 알더라도 아예 관심이 없는 수준이다. 이렇게 '단행본'에 국한된 이미지에서 벗어나 웹툰 등 다양한 IP 사업을 전개하기 위해 리디북스는 사명에서 '북스'를 떼고 현재의 리디로 거듭났다.

리디의 독자층은 대다수가 여성이며 여성향 장르인 로맨스, 로판, BL 단행본의 매출 규모가 압도적으로 높다. 특히 고수위 19금 현로 및 BL의 경우 모든 독자가 리디에 있다고 해도 무방할 만큼 시장 내 비중이 크다. 그렇기 때문에 이 등급의 작품들은 웬만하면 리디북스에서 1차 론칭을 한다고 생각하는 것이 좋다. 로판이어도 19금 단편일 경우 카카페나 시리즈의 프로모션 기회를 얻을 수 없고, 장편이어도 19금 버전만 있을 경우 카카페와 시리즈에서는 프로모션 진행이 확실치 않기 때문에 어떻게든 리디에서 자리를 잡아야 한다.

그런데 웹소설 시장 내 15금 매출 규모가 커지고, 특히 카카페 쪽 로판의 매출 실적이 어마어마해지면서 리디도 뒤늦게 장편 15금 로판의 유통 및 연재 경쟁에 뛰어들었다. 사실 기업 경영상 대규모 투자를 받아야 하는 문제 때문에라도 19금 표지가 늘어선 홈 화면을 외부에 노출하는 것은 문제가 될 수 있었다. 갖가지 필요성에 따라 리디는 수년 전 큰 예산을 투입하여 연재관을 신설하고 로맨스(현로), 로판, BL

장편을 쓸 수 있는 작가들을 지속적으로 섭외하며 연재작 유통을 늘렸다. 연재 코너 신설 초기만 해도 수익이 나지 않아 안 들어간다는 작가들이 다수였으나 이제는 자리를 잡았고 전략의 효과를 보고 있다.

현재 리디는 '웹소설'과 'e-book' 페이지로 연재본과 단행본 유통을 구분하고 있다. 리디에서 독점 연재된 작품들은 연재 완결 후 일정 기간이 지난 다음 단행본으로 묶어 선독점 판매하는 순서로 유통이 진행될 가능성이 크다. 그래서 단행본을 주로 구매하는 독자는 단행본 유통을 기다리곤 한다.

리디는 카카페와 시리즈처럼 내용 검수를 하는 것이 아니라 물리적으로 파일이 멀쩡한지만 확인하는 수준으로 검수한다. 사회적 물의를 일으킬 정도의 비윤리적 소재가 아닌 이상 유통 불가 처리되는 경우는 극히 드물고, 솔직히 비윤리적이어도 웬만하면 통과된다. 물론 공식적으로는 사회적으로 문제가 될 만한 사안들은 유통이 불가하다는 원칙 자체는 존재하고, 업체 간 소통 시 반복적으로 언급된다(갑작스러운 이슈에 대해서는 타 유통처에 비해 화급하게 일 처리가 진행되는 편이다).

리디의 심사는 연재와 단행본이 각각 나뉘어 있고, 심사 기간이 타사에 비해 짧은 편이지만 시기에 따라 달라질 수 있다. 전자책으로 성장한 기업인 만큼 뷰어 앱이 가장 깔끔하고, 기능도 편리하다.

리디에서 어떤 프로모션을 하든 '오늘, 리디의 발견'(오리발)에 들어가지 못하면 독자의 주목을 받기 힘들다. 그러므로 오리발에 들어갈 만한 작품을 만드는 것이 관건이다. 현재는 '오늘, 리디의 발견'이라는 문구가 홈페이지 디자인에서 사라졌는데, 사이트와 앱 홈 화면의 상단 대배너 위치가 바로 오리발이 있던 곳이다. 그 자리에 반드시 노출되어야 유의미한 매출을 만들 수 있다.

세트 정가를 낮춰 판매하는 '마크다운' 이벤트는 리디에서 호기롭게 창설하여 독자의 선호도가 높은 프로모션이다. 그러나 이 프로모션은 도서정가제와 관련하여 꾸준히 논란이 재점화되며 언제든지 사라질 수 있으니 추이를 지켜봐야 한다.

또한 리디는 '정식 연재' 대신 직접 출판하는 브랜드가 있고, 그 브랜드와 계약하는 것이 직접 계약에 해당한다고 할 수 있다. 리디 내에서 큰 차별을 한다고 할 순 없으나, 종종 별도 이벤트를 하기도 하고 보통 업계에서 어느 정도 작품 경력을 인정받은 경우에만 계약되기 때문에 작가들이 선호하는 것은 당연하다. 출판사라면 때로는 작가를 빼앗기는 일이 생길 수 있다는 점에서 신경을 써야 한다.

리디 독자들은 이른바 이 바닥의 '고인물'이고, 여성 독자 중에서도 심히 날카로운 평가를 하기로 유명하다. 자유 연재 플랫폼에서 어화둥둥 '작가님 너무 재미있어요' 같은 댓글만 받다가 리디에서 론칭 후 댓글을 보고 충격을 받아 절필해버리는 작가도 상당수일 정도다. 이건 담당 PD가 작가 관리 시 신경 써야 하는 문제다. 작가 본인도 의기소침하지 말고 마음을 단단히 먹어야 한다.

④ 원스토리(구 원스토어)

한때 원스토어가 '카네리원'(카카페, 네이버, 리디, 원스토어의 줄임말)으로 불릴 만큼 웹소설 시장의 주축을 이루던 시절도 있었다. 현재로서는 타 플랫폼들의 공격적인 마케팅에 주춤하여 입지가 약해진 것이 사실이다.

과거 원스토어는 여성 독자와 남성 독자를 모두 갖고 있었고 19금 작품들의 매출이 아주 좋았다. 2010년대 중후반에 이 전략은 통했다. 이후 웹소설 시장 규모가 폭발적으로 확장되면서 15금 작품 수급의 필요성이 대두했으나, 이미 15금 시장이 카카페와 네이버 중심으로 자리 잡히며 타이밍을 놓친 것으로 보인다. 잘되던 시기에 여성향 19금과 남성향 19금을 분리하지 않고 섞어서 노출한 것도 장기적으로 문제가 될 정책이지 않았나 싶다.

그렇다고 원스토어가 완전히 위축된 것은 아니다. 현재 원스토어는 원스토리로 브랜드명을 변경하며 차별화 전략에 나섰다. 만약 19금 로맨스 작품인데 리디에서 아무런 프로모션 기회를 받지 못하거나 받기 힘들 것으로 예상될 시, 현실적인 대안으로 삼을 수 있는 플랫폼이다. 특히 남성향 19금이라면 효과적으로 매출을 올릴 수 있다. 실제로 노벨피아에서 연재된 남성향 작품의 단행본 다수가 원스토리에서 선독점으로 유통되고 있다. 현재 원스토리는 카테고리 개편 및 공모전으로 15금 남성향 장르를 강화하는 한편, 다양한 방식으로 파이를 키우고자 노력하고 있다.

⑤ 예스24 / 알라딘 / 교보문고 / 미스터블루 / 봄툰 / 북큐브 / 에피루스
  이북클럽 / 밀리의서재 등

　일반서 시장에서 교보문고, 알라딘, 예스24는 엄청난 영향력을 자랑하는 서점이다. 그러나 웹소설 시장에서는 카카페, 시리즈, 리디에 완전히 밀려 있다. 인지도뿐만 아니라 매출 격차도 어마어마하다. 오래전 19금 한정 장르 시장에서 예스24가 리디의 대항마로 떠오른 적도 잠깐 있었으나, 이후 리디의 전투적인 전략이 성공하면서 시장이 현 체제로 완전히 굳어지고 말았다.

　어쨌든 대형 서점 중에는 예스24, 알라딘, 교보문고 순으로 웹소설 독자가 있고, 19금 단행본 위주로 팔리는 편이다. 그중 한 곳에 독점 유통을 한다면 당연히 그 플랫폼에서 더 높은 매출이 나오겠지만, 세 곳의 전반적인 웹소설 매출은 대동소이하다.

　일반적으로 카카페, 시리즈, 리디에서 1차로 프로모션을 진행하면서 매출을 뽑아낸 다음, 이 플랫폼들에서 2차, 3차 선독점으로 프로모션을 지원받은 후 전체 유통처에 뿌리는 식으로 진행한다. 만약 19금 단행본을 이곳에서 1차 독점 유통을 하게 됐다면, 애석하게도 그 작품이 그 정도 레벨이라는 뜻이다. 큰 프로모션을 지원받지 못하더라도 웬만하면 리디에서 승부를 거는 게 장기적으로 좋다.

　군소 업체 중에는 미스터블루, 봄툰, 북큐브, 에피루스 이북클럽 역시 생각지 못한 여분의 매출이 나오므로 필히 유통해야 하는 곳이다. 특히 대형 서점이 아닌 미스터블루에서 2차 혹은 3차 독점 유통을 하

는 경우도 왕왕 있다. 작품마다 상황이 다르므로 여러 플랫폼을 꾸준히 살필 필요가 있다.

최근 밀리의서재에서도 웹소설 시장에 눈독을 들이고 있지만 그 안에 웹소설 코어 독자가 많지는 않다. 아직까지는 큰돈을 주고 대형 작가의 작품 중심으로 끌어오는 모양새라서 웹소설 출판사와 작가 입장에선 장점이 부족하고, 리스크만 존재한다. 게다가 구독제 기반 플랫폼의 시스템은 정식 판매 매출을 망가뜨린다. 결과적으로 시장에 악영향을 줄 수 있다는 사실을 작가도 출판사도 반드시 유념하고 대응해야 한다.

플랫폼과 출판사의 현실 관계

출판사에서 보낸 작품이 플랫폼 측 심사를 통과하면, 이때부터 해당 작품의 론칭에 관해 의논하게 된다. 이때 플랫폼에서 프로모션을 제안하는 구조인데 실제로는 '통보'에 가깝다. 이 제안을 거절할 수 없고, 출판사 쪽에서 원하는 조건을 제시하는 것이 현실적으로 불가능하다. 예를 들어 프로모션을 해주는 대가로 선독점 기간을 N주, N개월 요구할 때 이를 거절하면 프로모션은 사실상 날아간다. 플랫폼 측에서 MG(미니멈 개런티)를 1,000만 원 주겠다고 제안했는데 출판사에서 2,000만 원으로 올려달라고 요구한다거나, 'MG를 받는 대신 수익 배분율이 낮아지는 걸 원하지 않으니 MG를 안 받겠다'는 의견을 피력하는 것 자체가 불가능하다.

논외의 이야기이지만, 같은 상황인데 타사의 작품 혹은 플랫폼과 직접 계약한 작품과 출판사의 작품을 차등 대우하는 것도 출판사에서 해결할 수 있는 문제가 아니다. 사실 심증만 있고 물증이 없기 때문에 더욱 그렇다. 그러므로 출판사에 책임을 묻거나 탓할 수 없는 사안이다. 이런 상황에 처한다면 애석하게도 작가와 담당자가 손잡고 우는 일밖에 할 수 없다.

이러한 권력은 시장 내 파워가 있는 플랫폼들만 누릴 수 있다. 군소 플랫폼들은 오히려 출판사를 유혹하기 위해 애를 쓴다. 군소 플랫폼들은 인기작의 독점 유통이 끝난 후 2차, 3차 독점을 따내기 위해 미리미리 해당 출판사에 '우리한테 그 작품의 2차 독점을 하게 해주면 무슨 무슨 프로모션을 해주겠다'며 연락을 돌리곤 한다. 군소 플랫폼들과의 영업은 어쨌거나 (인기작을 보유한) 출판사 쪽이 우위에 있으니 적당히 마케팅에 도움이 되는 쪽을 선택하여 조율하면 된다.

또한 경쟁 구도의 플랫폼들은 서로 S급 작가의 작품을 받아 가려는 경향이 있다. 예를 들어 A 작가의 작품을 시리즈도 원하고 카카페도 원했는데 결국 어느 한쪽에서 유통된다면 다른 쪽이 섭섭함을 느끼게 될 것이다. 어쨌거나 사람이 하는 일이기에 여러 문제로 플랫폼 담당자가 마음 상하는 상황이 벌어질 수 있다.

웹소설 시장에 있다 보면 이른바 '○○출판사가 ○○○에 찍혔다'는 소문을 접하기도 한다. 사실 이 현상은 심사작의 퀄리티, 업체의 거래 관계(다른 플랫폼과 모종의 거래를 하여 작품을 몰아줌) 등 물밑의 복잡한 요소가 섞여 나타나는 것이다. 즉, 어느 출판사의 작품이 ○○○ 플랫폼에서 1차 론칭을 자주 하지 않거나 프로모션을 지원받지 못하는 이유를 무조건 '출판사가 플랫폼한테 찍혀서'라고 볼 수는 없다는 뜻이다. 반대로, 웹소설 시장에서 이른바 '슬롯'이라는 표현으로 불리는 '프로모션 보장'은 어떨까? 예를 들어 특정 출판사가 특정 플랫폼과 물밑 계약을 하여 하반기에 10종을 프로모션할 기회를 얻게 되었다면? 그렇다고 해도 이는 플랫폼이 판단하기에 '좋은' 작품일 것이다. 아무 작품이나 그냥 10종을 넣을 수 있는 게 아니므로 출판사도 퀄리티를 맞춰 작품을 고른다. 이에 관해 굉장한 착각을 하는 작가들이 많으므로 오해를 바로잡고자 한다.

어쨌든 출판사로서는 모든 플랫폼과 좋은 관계를 유지해야 마땅하므로 일련의 사회생활도 필요하다. 웹소설 플랫폼 3사에 관해 언급할 때, 카카페 가서는 '카네리'로 말하고 네이버 가서는 '네카리'로 말한다는 것이 우스갯소리는 아니다.

이번 파트에서는 주요 출판 플랫폼에 관해 살펴보았다. 주요 출판 플랫폼들의 각종 현황은 시간의 흐름에 따라 달라질 수 있다. 특히 운영 정책은 특정 시기에 해당 플랫폼이 어떤 상황에 처해 있느냐에 따라 들쑥날쑥 변화가 생긴다. 사회적인 이슈가 생겼는데 그 문제가 콘텐츠와 연결되는 바람에 웹소설 시장 전체에 영향을 주는 일이 생기고, 또 A플랫폼에서 발생한 사안이 B플랫폼의 결정에 영향을 주기도 한다. 다 하지 못한 이야기는 언젠가 더 언급할 기회가 있을 것이다.

또한, 웹소설 PD와 작가 모두에게 출판 플랫폼만큼이나 자유 연재 플랫폼도 중요하다. 다음 파트에서 자유 연재 플랫폼의 특징을 소개할 예정이다. 수박 겉핥기식 주입에 불과할 수 있으나, 아예 모르는 것과 어느 정도 아는 상태로 진입하는 것은 다르다. 이 정보를 기억하면서 지금 당장 각 플랫폼에 들어가 구조와 특징을 분석해보자. 양쪽 역할을 동시에 하는 플랫폼도 있으므로 각 기능이 어떻게 돌아가는지, 어느 쪽에 더 집중되어 있는지 살펴본다면 웹소설 시장 분석과 함께 자신의 글이 어느 쪽으로 가야 유리할지 훨씬 더 명확하게 판단이 설 것이다.

출판사가 해야 할 일

우선 앞에서 언급한 주요 플랫폼과 전부 유통 계약을 맺어야 한다. 기계약된 출판사에 취업한다면 신경 쓰지 않아도 되지만, 일반서 종이책만 출간해온 곳이나 신생 업체라면 이 계약이 되어야 한다. 문제는 올릴 작품이 있어야 유통 계약을 해주는 곳도 있다는 점이다. 마치 경력 있는 신입 사원을 찾는 것 같은 상황이다. 상품이 준비되지 않은 거래처가 마구 늘어나면 괜히 관리할 일만 늘어나는 꼴이 되므로 플랫폼 입장에서 이해는 된다. 그러므로 신생 업체라면 작품 수급과 유통 계약 요청 단계를 동시다발적으로 진행해야 한다.

유통 계약이 완료된 후 출판사 담당자는 각 플랫폼의 프로모션 방식과 일정 주기를 파악해 긴밀하게 소통해야 한다. 편집자가 마케터의 일부 역할을 하거나 도울 수는 있으나 전부 하는 것은 현실적으로 불가능하다. 그러나 별도의 마케팅 담당자가 따로 있다고 해도 편집자가 플랫폼에 관한 정보를 아예 모르면 업무에 차질이 생기며 작가 관리 시 신뢰를 잃을 수 있다. 그러므로 PD 역시 플랫폼의 변화와 소식을 빠르게 수집하고 민감하게 대처해야 한다.

주요 플랫폼을 어떻게 분석하고 신인 작가를 어떻게 영입할지, 작가가 어떻게 출판사에 '컨택$_{contact}$'•되는지는 차후 웹소설 PD의 업무를 소개하는 파트에서 상세히 알려드리도록 하겠다.

• '계약 제안을 위해 연락한다'는 의미로 웹소설 업계에서 자주 사용되는 용어다. 외래어 표기법에 따르면 '콘택트'라고 해야 옳지만, '콘택트'로 적을 경우 정확한 개념을 전달하기 어렵고, 이미 자리 잡아버린 용어이기에 이 책에서는 '컨택'으로 표기한다.

치열한 경쟁의 바다, 자유 연재 플랫폼

자유 연재 플랫폼이란?

1강에서 언급했듯이, 웹소설 시장의 플랫폼은 크게 출판 플랫폼과 자유 연재 플랫폼으로 나눌 수 있다. 두 플랫폼은 각기 다른 생태계를 지닌다. 한 사이트가 양쪽의 성격을 모두 갖춘 경우도 있으나 놀랍게도 서로 아주 다른 양상을 띤다. 신인 작가와 신입 PD라면 이 생태계의 차이점을 명확하게 인지하고 있어야 웹소설 시장에 수월하게 진입할 수 있다.

출판 플랫폼이 출판사의 상품을 진열하고 판매하는 '서점' 역할에 충실하고 있다면, 자유 연재 플랫폼은 이른바 '등용문'을 포함하여 갖가지 역할을 하는 곳이다. 자유 연재 플랫폼의 가장 기본적인 기능이자 장점은 '누구나 가입만 하면 자신의 글을 올릴 수 있다'는 것이다. 이를 통해 작가와 독자가 동시다발적으로 몰려들었으며, 이렇게 구축된 생태계에서 상품화할 만큼 좋은 작품들이 쏟아져 나오게 되었다.

한편으로, 자유 연재 플랫폼은 그 존재 자체로 '웹소설은 공짜'라는 인식을 심어준 결정적인 곳이기도 하다. 거슬러 올라가면 PC 통신의 게시판부터 시작해야겠지만, 오래된 역사의 설명은 지면 관계상 넘어가겠다. 게다가 그 역사는 전혀 중요하지 않은 정보다. 지금 우리가 확실하게 인지해야 할 것은 자유 연재 플랫폼에 올라오는 글이 기본적으로 무료로 공개되며, 그곳의 독자도 무료를 기본으로 생각한다는 점이다.

이곳에서는 신진 작가와 기성 작가가 뒤섞여 자유롭게 글을 연재하며 각축전을 벌인다. 출판사와 이미 계약한 작품을 협의 후 자유 연재하는 경우도 있지만, 미계약작이 대다수다. 그렇기에 출판사 입장에서는 새로이 계약할 만한 작품을 찾아볼 수 있는 바다라 할 수 있다.

출판 플랫폼과 자유 연재 플랫폼에 올라오는 작품들을 같은 선상에서 바라볼 수는 없다. 출판 플랫폼에 올라오는 작품들은 어찌 됐든 전문가들이 제작한 결과물이다. 업체에 따라 편집 수준이 다르지만, 최소한 구매할 만한 수준으로 편집된 작품이 유통된다. '표지'라는 중요한 포장 요소 역시 큰 차이점이다. 한마디로 우리가 출판 플랫폼에서 구매할 수 있는 작품들은 전문가의 눈으로 최소한 상품화할 가치가 있다고 평가받고 출판사와의 계약을 거친 기성 작가를 포함한 기계약 작가들의 소설이다.

그와는 달리, 자유 연재 플랫폼에 자유롭게 연재하는 수많은 사람 중 다수는 작가 지망생이다. 이들의 원고 수준은 평균적으로 기성 작가들이 써내는 수준보다 낮은 편이다. 작가 지망생인데 A급 기성 작가보다 잘 쓰는 경우는 전무하다고 봐야 한다. 필력이 어마어마하다면 지망생 꼬리표를 오래 달고 있을 이유가 없다. 어느 재빠른 편집자가 옳다구나 하며 금방 낚아채 갈 테니까.

지금 잘나가는 SSS급 웹소설 작가들과 계약하고 싶다면 자유 연재 플랫폼을 뒤질 필요가 없다. 출판 플랫폼 쪽에서 작품을 찾고 작가들에게 연락을 취해야 한다.

하지만 내가 몸담은 곳이 신생 출판사라면? 내가 이번에 웹소설 출판사를 세웠다면? 일반서 시장에서는 나름대로 중견 출판사이지만, 웹소설 시장에 이제 막 진출하여 아무도 모른다면?

프로 작가들은 업무 능력을 확신할 수 없는 신생 출판사와 웬만하면 계약하지 않는다. 게다가 출판 플랫폼에서 이미 높은 매출을 기록한 이력이 다수인 프로 작가들을 데려오려면 이전에 계약했던 업체보다 훨씬 더 좋은 대우를 해줘야 그들의 마음이 움직일 것이다.

어느 업계나 중견 기업이 신생보다 유리한 것은 당연하다. 큰 출판사가 작은 출판사보다 유리한 것도 당연하다. 결국 출판사의 영업 전략이 성패의 관건이 되겠다. 어쨌거나 PD 입장에서 계약 성공의 가능성은 신인 쪽이 더 높다. 신인을 발굴하여 키운다는 전략으로 계약하는 것이므로 계약금 부담도 적다. 그 신인 작가들이 헤엄치는 곳이 바로 자유 연재 플랫폼이다.

자유 연재 플랫폼의 치열한 경쟁

웹소설 시장의 주요 장르는 이른바 남성향과 여성향으로 나뉘어 있다. 물론 교집합도 없지 않지만 남성 독자의 대다수는 남성향 장르만, 여성 독자의 대다수는 여성향 장르만 본다. 자유 연재 플랫폼 역시 출판 플랫폼과 마찬가지로 독자의 성향을 따라가는 경향이 있다. 운영 업체가 겹치는 경우도 있으나 출판 플랫폼과는 확연히 다른 경향을 보이므로 웹소설 작가와 PD는 이 차이를 명확하게 이해하고 해당 플랫폼을 주시해야 한다.

- 남성향 장르: 판타지, 현대 판타지(현판), 무협, 대체역사물(대역물)
- 여성향 장르: 로맨스, 로맨스 판타지(로판), BL, GL

자유 연재 플랫폼 중에는 작가 개인이 자기 작품을 회차별로 판매하여 수익을 낼 수 있도록 '유료화' 기능을 제공하는 곳도 있다. 이 유료화 기능이 활성화되어 작품의 성패를 가르는 중요한 기준이 되기도 한다. 무료를 기본으로 생각하는 독자가 지갑을 열 만큼 재미있다는

자유 연재 플랫폼

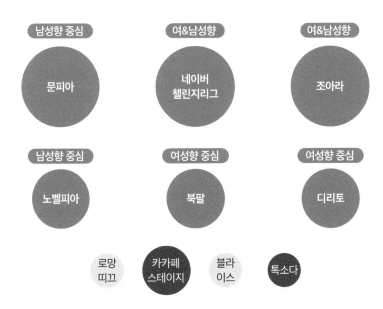

웹소설 자유 연재 플랫폼. 무료 연재 기반이며 누구나 이곳에 작품을 올릴 수 있다.

뜻일 테니까. 충분한 인기를 확보하지 못한 작품이 냅다 유료화를 한다면 유료 회차 조회 수가 0이 될 것이다. 유료 전환 후에도 독자들이 계속 해당 작품을 읽게 만드는 일은 그리 녹록지 않다.

문피아

문피아는 남성 독자의 비율이 대략 80%를 넘는 초남성향 플랫폼이다.

초남성향인데 왜 99.9%가 아닐까? 여성향 웹소설을 소비하는 남성이 극히 드문 반면, 남성향 웹소설을 보는 여성은 일정 비율로 존재하기 때문이다. 남성향 웹소설을 보는 여성 독자 중 열혈 독자는 문피아까지 챙겨본다. 일반적으로는 1강에서 설명했던 출판 플랫폼에 상주하며 남성향 장르를 챙겨볼 확률이 높다고 봐야겠다. 물론, 문피아에서 50~60대 여성으로 잡히는 회원은 미성년 가족 구성원이 이들의 명의를 쓸 가능성이 없지 않다(이는 어느 플랫폼이든 가능성이 있다. 거의 10년 전 네이버 쪽에서 구매자 성별 및 연령대 그래프가 상품 페이지에 나오던 시절이 있었다. 당시 구매자 그래프에 60대 이상 여성 비율이 어느 정도 잡히곤 했다).

현재 웹소설 시장에서 남성향 장르는 문피아 없이 논할 수 없다. 문피아는 네이버를 등에 업으면서 영향력이 더욱 커졌다. 네이버 정식 연재로 바로 들어가지 않는 이상, 기성 작가들도 신작은 문피아 무료 연재부터 하는 것을 기본으로 여긴다. 남성향 장르인 판타지, 현판, 무협 그리고 대체역사물의 거의 모든 신작 초고가 문피아에 올라온다고 생각해도 무방하다. 과거에는 15금 위주로 돌아갔으나 노벨피아의 급부상에 맞서 '성인19' 카테고리를 눈에 띄게 배치하며 남성향 19금의 비중도 키우고 있다.

문피아에는 유료화 기능이 있어서 초반에 어느 정도 조회 수가 오르면 유료화를 진행하게 된다. 이는 출판사 계약작이 아니어도 작가 개인이 직접 진행할 수 있다. 그러나 무료일 때 조회 수가 충분했음에도 유료화에 들어서면 연독률이 뚝 떨어지는, 즉 유료화에 실패하는 상황이 비일비재하다. 이는 기성 작가 중에서도 다수가 경험하는 일이다.

문피아는 출판 플랫폼으로서도 기능하며 다른 출판사들이 문피아에 작품을 유통할 수 있다. 또한 문피아 자체 출판팀을 운영하기 때문에 출판사 중 하나이기도 하다. 남성향 장르를 쓰는 작가들은 여러모로 문피아를 선호한다. 그러므로 타 출판사 PD 입장에서는 잘 활용해야 하는 플랫폼이면서, 한편으로는 경쟁 업체로 인식해야 한다.

참고로, 역사가 오래된 기업이다 보니 플랫폼의 UX와 UI가 그리 깔끔하지는 않다. 다른 사이트에 비해 메뉴가 잘 보이지 않아 초보 작가는 적응이 힘들 수 있다. 처음 들어간다면 신경을 조금 더 써서 살펴보는 것이 좋겠다.

⊗ ⊖ ⊙　　　　　　　　　　　　　　　네이버와 문피아의 관계

2021년 문피아 인수 이후 네이버는 웹소설 공모전의 장르를 분리하여 여성향 공모전은 챌린지리그에서, 남성향 공모전은 문피아에서 진행하는 방향으로 하고 있다. 한편, 글로세움 등 문피아 자체 공모전도 존재하며 네이버와 관계없이 별도로 진행된다.

문피아와 타사의 웹소설 공모전 일정이 겹칠 경우 남성향 작가들은 대체로 문피아를 선택한다. 그래서 다른 공모전의 남성향 작품이 전멸하는 사태도 자주 벌어진다. 남성향 장르의 변화는 문피아에서 시작한다고 해도 과언이 아니므로 이 플랫폼의 흐름을 반드시 지켜봐야 한다.

네이버 챌린지리그&베스트리그

네이버는 출판 플랫폼과 자유 연재 플랫폼을 완전히 나누어놓았다. 출판 플랫폼은 1강에서 얘기했던 시리즈이며, 자유 연재 플랫폼은 챌린지리그와 베스트리그로 나뉜다. 베스트리그는 챌린지리그의 상위 버전이다. 챌린지리그에서 연재하다가 인기가 높아지면 베스트리그로 승격되고, 또 베스트리그에서 연재하던 작품 중 내부 심사에 따라 네이버 정식 연재인 시리즈에디션으로 뽑히는 시스템으로 운영된다.

챌린지리그와 베스트리그의 카테고리는 로맨스, 로판, 판타지, 현판, 무협, 미스터리, 라이트 노벨 순서로 배열되어 있다. 딱 이 순서대로 작가와 독자가 집중되어 있다고 보면 된다. 출판 플랫폼인 시리즈와는 무관하게 자유 연재 쪽에는 남성향 장르 독자가 많지 않고, 그에 따라 남성향 장르 작가도 적은 편이다.

네이버는 매년 챌린지리그 판에서 웹소설 공모전을 연다. 여성향 장르는 이곳에서 그대로 진행하지만, 남성향은 2021년 문피아를 인수한 이후 공모전을 문피아 쪽에 밀어주는 정책을 취하고 있다. 그러므로 앞으로 챌린지리그, 베스트리그에서 남성향 장르가 커질 가능성은 거의 없을 듯하다.

반대로 여성향 현대 로맨스, 동양풍 로맨스, 로판은 작품이 많이 올라오는 만큼 경쟁도 치열하다. 특히 현로와 로판을 쓰는 신인이 주류를 이룬다. 동양풍 로맨스는 쓸 수 있는 능력을 보유한 작가가 한정적이지만, 역사적으로 네이버 웹소설에서 히트작이 자주 나왔기 때문에 네이버는 동로판(동양풍 로맨스판타지)을 비교적 중요하게 여긴다. 그러므로 15금 동로판을 쓴다면 챌린지리그에서 꾸준히 연재하는 것도 괜찮은 방법이다.

그러나 시리즈에디션으로 뽑히지 않는 한, 챌린지리그나 베스트리그에서 이뤄낸 성과가 출판 플랫폼에서 유통 시 프로모션 심사에 크게 영향을 주지는 않는다. 특히 카카페에서는 전혀 신경 쓰지 않는다고 생각해도 무방하다. 따라서 이 플랫폼에 계속 원고를 올리는 이들은 시리즈에디션 승격이 목표일 가능성이 크다. 반대로 이미 데뷔한 기성 작가들은 공모전이 아닌 이상 챌린지리그, 베스트리그에는 군이 원고를 올리지 않는다.

네이버는 자유 연재 플랫폼에서 19금 불가 정책을 취하고 있다. 일정 수준 이상 수위 높은 단어가 등장할 경우 자동 프로그램이 작동하여 삭제되거나, 타인의 신고가 누적되어 경고 조치를 받을 수 있으니 주의하자.

톡소다는 교보문고가 본격적으로 웹소설 서비스를 운영하기 위해 오픈한 연재 플랫폼이었다. 교보문고는 자체적으로 인지도 있는 웹소설 출판 브랜드를 갖고 있으나, 톡소다는 시장 내 영향력이 크지 않았다. 웹소설계가 한창 고조되던 2017년에 문을 열었음에도 불구하고 다른 무료 연재 플랫폼 사이에서 대항마가 되지 못했고, 나중에는 블라이스보다도 못한 상황에 이르렀다. 이렇게 계속 과거형으로 적은 까닭은 톡소다가 2024년 12월부로 사업을 종료했기 때문이다. 톡소다의 판매용 작품 데이터는 교보 이북으로 이관됐다.

톡소다의 소식이 들리고 얼마 후 2024년 11월 중순, 카카오페이지도 중대한 결정을 내리고 공지를 띄웠다. 야심 차게 문을 연 카카오페이지 스테이지(이하 스테이지)를 접기로 한 것이다. 스테이지는 카카페가 신인 작가 발굴을 위해 만든 자유 연재 플랫폼이다. 스테이지의 등장은 카카페가 작품 수급을 타사 플랫폼에 의존하는 상황에서 벗어나 직접 무료 플랫폼을 운영해 작품을 수급하고자 하는 적극적인 의지로 읽혔다. 또한 경쟁 기업이자 비슷한 규모의 네이버가 챌린지리그 코너를 오래 운영하며 웹소설 시장의 역사를 만들어간 점 역시 영향을 미쳤으리라. 심지어 네이버가 문피아를 인수하는 일까지 벌어지지 않았는가.

스테이지는 판타지, 현판, 무협을 여성향 장르보다 먼저 내세웠으나 남성향 카테고리의 조회 수가 민망하기 짝이 없었다. 즉 스테이지에는 남성향 독자가 거의 없었다고 해석할 수 있다. 그렇다면 여성향 장르 조회 수가 높았을까? 딱히 그것도 아니다. 로맨스와 BL 역시 남성향보다 약간 높고, 유일하게 로판만 몇몇 작품이 눈에 띄는 조회 수를 기록했다. 작품을 올리는 작가군이 여성향에 치우쳐서였을 뿐이다. 누적 조회 수가 괜찮은 작품이 없지는 않았지만, 2021년 하반기에 문을 연 후 3년간 충분한 독자 수가 확보되지 않았다.

카카페는 스테이지를 키우기 위해 지속적으로 대형 공모전을 열고, 카카페에서의 데뷔 및 프로모션을 보장해주는 연계 정책을 취했다. 스테이지에서 작품을 연중(연재 중단)하고 경쟁 플랫폼으로 넘어가는 일(즉 조아라가 겪어왔던 일)을 방지하기 위해 작품을 선정하여 원고료 지급 제도를 운영하는 등 타 플랫폼에서는 상위 코너에서만 해주는 서비스로 작가 지망생의 시선을 끌었다.

특히 원고료 보장, 카카페 유료 전환 시 미리 보기 수익, 카카페 기무 프로모션 보장 등 다양한 지원을 받을 수 있는 '스테이지on' 제도를 노리는 지망생이 꽤 있었다. 출판 플랫폼인 카카오페이지와 스테이지의 연계성을 고려했을 때 '스테이지on'에 선정되면 계약 진행 및 카카페 프로모션 진입이 수월했다. 한데 스테이지에서 완결화까지 무료로 연재한 후 카카페 기무로 전환되는 시스템이다 보니 초기 수익이 줄어드는 문제가 있었던 것으로 판단된다. 매출이 안 나오는 것은 작가뿐만 아니라 플랫폼에도 좋지 못한 결과다. 애석하지만 두 플랫폼 모두 업계 관계자 및 작가가 어느 정도 예상한 결말을 맞이했다.

교보문고는 같은 시기에 웹소설 이외의 문학 작품을 대상으로 한 '창작의 날씨' 역시 종료했다. 이는 교보문고가 연재 플랫폼 사업 자체를 포기했다는 것을 시사한다. 카카페는 2025년 상반기 중 신작 발굴 제도 및 프로그램을 선보일 예정이라고 한다. 교보문고와는 달리 카카오페이지는 시장에서 큰 비중을 차지하고 있기에 웹소설 자체를 놓기는 힘들다. 그렇다고 자유 연재 플랫폼을 접은 후 또 다른 연재 플랫폼 카드를 내세울 것 같지는 않다. 그동안의 행보로 보아 공모전과 투고 사이트 등을 확장하려는 계획이 아닐까 미루어 짐작한다.

조아라

로맨스 판타지, 즉 로판은 웹소설 장르 중 가장 최근에 공식화된 장르다. 로판을 논할 때 조아라를 빼놓고 얘기할 수 없을 만큼 조아라는 로판 장르에서 중요한 플랫폼이다. 그야말로 로판이 조아라에서 탄생했다고 해도 과언이 아니다.

'조아라에서 투베(투데이 베스트)에 오르고 선작(선호 작품) 수를 얼마 이상 찍어야 ○○○ 프로모션을 프리 패스로 직행할 수 있다'는 말이 웹소설 시장에서 계속 돌았다. 그동안 출판 플랫폼 쪽 MD들은 분명히 이를 고려하여 심사하면서도 공식적으로 이를 언급하진 않았다(대면 미팅 및 대외적으로 공유되는 문서에서 명시하지 않음). 그 이유는 그들에게 조아라가 타 플랫폼이기 때문이다. 다른 기업에서 기록한 데이터를 기준으로 삼는다는 건 공식적으로 있을 수 없는 일이다. 이는 직장인으로서 납득이 가는 대목이다. 어쨌거나 로판의 경우 조아라에서 만든 성과(조회 수, 랭킹 등)가 출판 유통 시 프로모션에 암묵적으로 영향을 미치는 것은 사실이다.

또한 BL도 출판 플랫폼에서 성장하기 전부터 조아라에서 자리 잡은 장르다. 다수의 BL 작가가 조아라에서 신작을 연재하고 있기에 여전히 영향력을 행사한다. 로판과 마찬가지로 BL도 조아라 투베 기록과 선작 수가 차후 프로모션 심사에 좋은 영향을 미친다. 반면, 같은 여성향이어도 현로와 동양풍 로맨스 독자는 조아라에 거의 없다는 점을 유념하길 바란다.

조아라는 역사적으로 여성향, 남성향 독자가 골고루 상주해온 플랫폼이지만, 로판의 힘이 강해지면서 남성향 장르가 주춤하는 모습을 보여왔다. 그렇다고 로판 쪽이 마냥 괜찮다고 볼 수는 없다. 조아라의 상위 랭킹 작품들이 출판사와 계약한 후 연재를 중단하고 카카페나 시리즈 등으로 넘어가는 것이 일종의 절차로 자리 잡아버렸다. 이에 따라 플랫폼 자체의 독자 이탈도 발생하는 것으로 보인다.

조아라 역시 작가가 직접 자기 작품을 유료화할 수 있다. 조아라에서 '노블레스'는 유료를 뜻하는 카테고리이면서, 동시에 19금 등급을 분리하는 정책이기도 하다. 19금 작품을 자유롭게 올리면서 수익도 창출할 수 있어서 많은 19금 작가가 조아라에서 활동하고 있다.

조아라 역시 문피아처럼 출판 플랫폼으로서도 기능한다. 독점 유통 기간이 끝난 작품들을 조아라에 유료로 유통하는 것도 가능하니 출판사에서는 조아라를 꾸준히 챙겨봐야 한다. 또한 조아라도 문피아와 마찬가지로 자체 출판팀을 운영하며, 여러 브랜드로 리디 등 다른 출판 플랫폼에 작품을 유통하고 있다.

⊗ ⊖ ⊙ **조아라를 둘러싼 시장의 변화**

① 과거에는 이미 충분히 매출 이력이 있는 작가들도 로판만큼은 조아라에서 신작 무료 연재를 시작해 선작 수를 만든 후 카카페 심사 단계로 넘어가는 일이 다반사였다. 그러나 최근에는 이렇게 하지 않고 원고를 만들어 바로 심사를 신청하는 기성 작가들이 많아졌다.

② 과거에는 로판이 남성향 장르처럼 출판사의 컨택 위주로 돌아갔기 때문에 조아라의 영향력이 절대적이었다. 그러나 이제는 카카페에 연결된 연담 출판사 등 로판 역시 투고 형태로 받는 업체가 늘어나면서 분위기가 달라졌다.

③ 이후 언급할 디리토 역시 변화의 주축이 됐다. 특히 BL 무료 연재처를 찾는 다면 디리토와 조아라 양쪽에 올리길 권한다.

④ 조아라의 선작 수와 조회 수가 옛날만큼 나오지 않는 추세다. 한마디로 같은 투베 1위여도 현재의 선작 수와 조회 수가 현저히 낮다. 여러 정황상 조아라 내 코어 독자 수가 줄어든 것으로 유추된다. 이는 앞에서 언급한 '좋은 작품이 타 사이트로 넘어가는' 문제와 함께 조아라 자체 사이트 및 앱의 편의성 문제로 인한 현상으로 판단된다.

현재는 조아라도 각고의 노력을 기울여 탈바꿈하다시피 사이트가 개선됐다. 지금까지 조아라의 역사 흐름을 보아 기성 작가의 관점에서 예전보다 조회 수가 줄어든 것일 뿐, 기본 조회 수가 아예 안 나오는 것은 아니다. 조아라의 행보가 앞으로 어떻게 변화할지 계속 지켜보자.

북팔

북팔은 사업 초창기에 여성향 19금 장르로 빠르게 성장한 플랫폼이다. 경영 차원에서 여러 기업이 북팔을 합병하려고 호시탐탐 기회를 노리며 손을 뻗치기도 했고, 마침내 2022년에 예스24(한세예스24홀딩스)로 인수됐다. 한때는 남성향 장르와 게임형 노벨 등에 도전하고 일러스트레이터들에게 판을 만들어주는 등 다양한 시도를 했으나, 현재는 대다수의 독자가 여성이라는 사실에 승복하고 가장 잘하는 여성향

19금에 집중하는 듯하다.

간혹 예외 사례가 있기는 하지만, 북팔에서 대세 장르는 언제나 19금이다. 19금 현로가 메인이며, 최근 웹소설 시장의 경향에 따라 시대극(동양풍, 서양풍) 19금으로까지 확장되고 있다. 일반 '로맨스', '로판' 탭에서도 19금 작품이 노출되면서 '29+' 탭에서 19금 작품 위주로 볼 수 있도록 분류되어 있다. 무료 연재의 경우, 과거에는 카테고리가 세분화되어 있었으나 현재는 '자유 연재' 탭으로 완전히 통합된 상태다.

북팔에서는 작가 개인의 유료화가 가능하며, 플랫폼이 이를 적극적으로 밀어주는 정책을 취한다. 북팔에 상주하는 독자는 타 플랫폼에 비해 너그러운 편이라 작가들도 상대적으로 부담이 덜하다. 이는 장점도 있지만 단점이 될 수 있다. 북팔 내에서 인기를 얻거나 잘 팔린 작품이어도 타 플랫폼에 유통했을 때 스토리로 욕을 먹는 경우가 왕왕 있어 실제로 작가가 충격을 받고 절필하는 경우도 있었다. 이와 같은 경험을 한 후 다른 플랫폼에 진출하지 않고 오직 북팔에서만 활동하는 작가도 존재한다. PD 입장에서는 작품을 찾을 때 인기 지수만 볼 게 아니라 퀄리티를 더 살펴야 하는 플랫폼이다.

북팔 역시 출판 플랫폼의 역할도 하지만 파이가 그렇게 크진 않다. 최신 업데이트로 보아, 북팔은 자유 연재를 줄이고 출판 플랫폼으로 거듭나기 위해 노력하고 있다. 그러나 신인 작가로서는 여전히 중요한 연재 플랫폼이다. 자체 출판팀도 운영하며, 북팔과 출판 계약을 할 경우 해당 작품을 다른 출판 플랫폼에 유통하는 것도 가능하다.

노벨피아

2021년 초에 오픈한 노벨피아는 비교적 신생 플랫폼에 해당한다. 하지만 조회 수당 인세 지급 정책, 막대한 상금을 건 대형 공모전, 일러스트 표지 제작 지원 등 과감한 예산 투입 및 공격적인 전략의 혁혁한 성과로 웹소설 시장에 빠르게 자리 잡았다. 이제는 남성향 웹소설 연재 플랫폼이라면 문피아와 노벨피아 양쪽을 떠올리는 상황에 이르렀으니, 수익화에 성공한 자유 연재 플랫폼으로서 정말 보기 드문 성공에 이른 후발 주자다. 여기에는 노벨피아의 운영사가 남성향 성인 웹툰 플랫폼인 탑툰과 연결되어 있다는 점도 유리하게 작용한 듯하다. 유료 멤버십에 가입하면 대다수의 작품을 볼 수 있는 월 구독제 정책을 오픈 초기부터 강행한 점 역시 효과적이었다. 차후 편별 구매 콘텐츠를 확장할 계획이라 무제한 정액제를 선호하는 코어 독자층의 구매를 어떻게 유도할지가 관건이다.

　노벨피아 오픈 초기, 남성향 작가와 독자층이 조아라에서 대거 넘어와 안착하면서 가시적인 성과를 거둘 수 있었다. 당시 남성향 중에서도 애매하게 야릇하거나 아예 고수위인 스토리, 즉 문피아에서는 통하지 않고 조아라에서는 축소되고 있는 장르가 이곳에서 둥지를 틀게 된 것이다. 한동안 너무 그쪽 계열의 스토리만 양산되는 것이 아니냐는 우려가 있었으나 현재는 15금과 19금 작품이 골고루 인기를 얻고 있다.

현재 자유 연재 플랫폼 중 남성향 19금 혹은 15금인데 살짝 야한 스토리의 공급과 수요를 채울 수 있는 곳이 흔하지 않다. 이 방면에서 노벨피아가 독보적인 역할을 하고 있다. 또한 일본 라이트 노벨풍으로 쓰인 작품들 역시 노벨피아에서 수요가 있으며 다수 연재되고 있다.

기묘한 특징을 하나 짚고 넘어가자면, 타 플랫폼과는 달리 노벨피아 독자들은 AI 표지를 거부하지 않는 편이다.

디리토

2022년 초 출시된 디리토는 여성향 중심으로 돌아가는 자유 연재 플랫폼으로 그해 10월에 리디에 흡수 합병됐다. 리디 계정을 연결해 사용이 가능하고, 출석 체크 시 리디 포인트를 주는 등 리디와 연계되어 있음을 강력히 어필하는 곳이다. 리디 역시 경쟁사인 네이버나 카카페처럼 타 사이트의 도움 없이 작품을 발굴할 수 있는 기반이 필요했고, 적절한 시기에 합병을 통해 자유 연재 시스템을 구축한 것이다.

아마도 리디의 처음 속내는 조아라의 로판, 네이버 챌린지리그의 현로, 그리고 문피아의 판무(판타지/무협)를 끌어오고 싶었던 게 아닐까 싶다. 그러나 시장 상황은 결코 플랫폼이 원하는 대로 흘러가지 않는다. 리디가 모회사인 만큼 디리토 역시 여성향 19금 독자들이 모여들어 그들을 중심으로 움직이고 있다.

우선 BL이 디리토에서 가장 잘나가는 장르이며, 디리토에 반드시 연재해야 하는 분위기로 가는 중이다. 로판 독자가 없지는 않지만 조회 수 규모가 BL과는 좀 다르다. 어쨌든 여성향 19금을 쓰면서 연재처를 찾는다면 디리토를 반드시 고려해야 한다.

희한하게도 판타지 카테고리가 맨 앞에 배치되어 있으나, 본격 남성향 작품은 거의 없고 신작 업데이트도 잘 이루어지지 않는다. 대신 여주판(여자 주인공 판타지), 여주무협(여자 주인공 무협) 등이 해당 카테고리에 들어 있다. 현재 웹소설 시장에서 여성 작가가 쓴 여성향 판타지인데 서양풍 로판은 아니어서 로판 카테고리에 들어가기 힘든 작품들은 갈 곳이 없을 때가 많다. 이 카테고리가 앞으로 발전한다면 웹소설 시장의 변화로 이어지게 될 것이다.

타사 동시 연재를 하지 않고 디리토에서만 연재할 경우, '디리토 ONLY'를 신청하면 내부 심사를 통해 사이트 내 홍보 혜택을 받을 수 있다. 그러나 이것이 리디와의 계약이나 프로모션과 온전히 연결되는 것은 아니므로 앞으로 더 좋은 정책으로 자리 잡을 수 있을지 지켜봐야 하는 사안이다.

로망띠끄, 블라이스

로망띠끄는 오래전 대여점 세대 사이에서 인지도가 있는 로맨스 중심 커뮤니티 플랫폼이고, 상대적으로 젊은 작가와 젊은 독자에게는 잘 알려지지 않았다. 사이트를 운영하는 업체가 동명의 출판사다. 이 커뮤니티 안에 독자가 잔뜩 남아 있다고 볼 수는 없지만, 조회 수와 상관없이 괜찮은 스토리와 문장력을 가진 신인이 등장할 때가 있다. 숨은 고수를 찾기 위해서라도 웹소설 PD가 간간이 둘러봐야 할 플랫폼이며, 작가로서는 의외로 컨택을 받을 수 있는 곳이다.

블라이스는 KT의 자회사인 스토리위즈가 운영하는 연재 플랫폼이다. 스토리위즈는 엄청난 자금력으로 S급 작가들을 확보한 에이전시이지만, 블라이스 자체는 영향력이 크지 않다. 대신 꾸준히 공모전을 열어 신인을 발굴하므로 작가 입장에서는 공모전 입선을 통한 출판사 연계를 기대할 수 있다.

억대 인세를 꿈꾸는 웹소설 작가와 웹소설을 즐기는 독자가 바글바글 모여 있는 자유 연재 플랫폼! 남성향 및 여성향 장르 독자의 특성, 독자의 많고 적음에 따라 플랫폼 분위기도 크게 다르다. 오늘 소개한 주요 플랫폼에 직접 들어가 특징과 동향을 면밀하게 관찰하고 분석해 보자. 플랫폼의 형태와 정책은 계속 달라진다. 실제로 이 책의 원고를 쓰고 편집하는 동안에도 많은 것이 바뀌어 여러 번 고쳐 써야 했다. 시간이 지나면 이 책에서 설명한 내용이 다 바뀔 수도 있다. 플랫폼의 변동 사항을 빠르게 파악하려면 주기적으로 들어가 살피는 것이 좋다.

웹소설 시장의 폭발적인 성장은 자금력 있는 사업자들의 구미를 당겼다. 그래서 주기적으로 웹소설 플랫폼 사업을 구상하는 업체들이 등장하여 플랫폼 수가 늘어나곤 한다. 최근에는 AI 기술을 접목한 플랫폼이 우후죽순 쏟아지고 있다. 그러나 웹소설 생태계를 만만하게 본 나머지 자금만 깎아먹고 탈주한 업체들이 수두룩하다는 사실!

① 웹소설 독자는 웬만해선 움직이지 않는다

지금까지 웹소설을 읽지 않던 사람이 어느 날 갑자기 새로운 사이트에 들어와 신규 독자가 될 확률은 확실히 0이다. 신규 독자를 만들 수 없다면 이전에 자리 잡은 플랫폼의 코어 독자들을 유혹해 끌어들여야 한다. 문제는 웹소설 독자가 들어가는 플랫폼에만 들어가고, 돈을 쓰는 곳에서만 쓴다는 사실이다. 노벨피아의 성공은 정말이지 매우 특수한 케이스다.

② 무료 연재만으로는 돈이 되지 않는다

중소기업이나 스타트업이 만드는 신생 플랫폼들의 사업 모델은 늘 비슷하다. 우선 독자를 무료 연재로 끌어들여 플랫폼에 정착시킨 다음 유료 판매를 통해 돈을 쓰게 하려는 전략을 세운다. 무료 연재 플랫폼 자체로는 돈이 되지 않으니까. 이 비즈니스 모델이 통하려면 상주하는 독자가 많아야 한다. 반대로, 여타의 중소 사이트처럼 광고를 붙이려면 트래픽이 필요하다. 그 트래픽을 만들려면 해당 사이트의 방문자가 많아야 하는데, 그렇다면 앞에서 말한 ①이 문제가 된다. 즉 텅텅 빈 사이트로는 수익 구조가 애초에 성립하지 않는다.

③ 신생 플랫폼은 유명 작가를 잡을 수 없다

②의 문제를 해결하기 위해 신생 플랫폼이 생각하는 전략 역시 고만고만하다. 웹소설 시장 내 유명한 작가들을 섭외하여 그들의 작품을 독점 연재한다면 기

존 독자들이 몰려오지 않을까? 물론 가능한 전략이다. 하지만 그 전략을 이전에 망한 플랫폼들이 매번 써먹었고 문 닫기 직전 인세 미지급 사태가 벌어지는 등 각종 문제가 발생했다. 그렇기에 지금 어느 정도 경력이 있는 S급, A급 작가라면 누구도 신생 플랫폼을 신뢰하지 않는다.

게다가 '유명 작가의 작품을 보기 위해 독자가 들어온다'는 계산이 통하지 않는 경우도 허다하다. 큰 금액에 흔들려서 신생 업체에 작품을 주는 작가도 분명히 존재한다. 그렇게 해서 독점 연재를 시켜줘도 그 작품만 보고 사라지거나, 아예 다른 사이트에 해당 작품이 올라올 때까지 버티겠다는 독자가 대다수다.

④ 중소기업보다 대기업이 유리하다. 그러나 대기업이라고 해서 성공이 보장되진 않는다

여기저기 투자를 받아 버텨야 하는 작은 업체보다는 튼튼한 대기업이 당연히 유리하다. 오래도록 버틸 수 있는 자금력이 모기업에 있지 않은가. 실제로 중소기업이 만든 플랫폼은 모두 사라졌다. 내로라할 대기업을 포함하여 웹소설 시장에서 자리 잡은 플랫폼 수 자체가 적다.

심지어 남성향 웹소설 장르의 대표 사이트라 할 수 있는 문피아조차 여성향 장르 매출을 키우기 위해 '허니문'이라는 연재 사이트를 만들었지만 성공하지 못했다. 앞에서 언급했던 카카페 스테이지와 톡소다의 실패를 기억하자.

플랫폼이 무력하게 사라지는 과정은 웹소설 시장 안에 있어야 알 수 있는 사실이다. 대기업이 엄청난 자금과 인력을 쏟아부어 작가를 모으고 마케팅을 하는데 어떻게 이런 상황이 일어날 수 있는가? 이것이 바로 웹소설 시장의 무시무시한 특성이다.

혹시라도 새로운 웹소설 연재 플랫폼을 만들어 사업을 시작하겠다는 원대한 포부를 가진 사람이 이 책을 읽는다면, 심지어 지금 보유한 사업 자금이 남의 돈이거나 퇴직금이라면 제발 단념하길 강력히 권고한다.

웹소설 장르 집중 탐구①: 여성향

웹에 올린다고 웹소설이 아니다

『재벌집 막내아들』, 『내 남편과 결혼해줘』 정도로 막연하게 웹소설 장르를 인지하고 있지는 않은가? 굳이 따지자면 지금까지 드라마화에 성공해 큰 인기를 누린 작품 중 꽤 많은 수가 동양풍 로맨스라는 사실! 그렇다고 웹소설 시장에서 동양풍 로맨스만 팔리는 것은 아니다. 웹소설 시장 밖에서 바라보는 것과 시장 안에서 시장을 살피는 관점은 분명히 다르고, 그에 따라 분석 결과도 달라진다.

웹에 올리는 모든 소설을 '웹소설'이라 부르지는 않는다. 신춘문예에서 볼 법한 순문학 원고를 인터넷 게시판에 올린다고 웹소설이 되는 건 아니라는 뜻이다.

근래 '웹문학'이라는 용어로 웹소설 이외의 것들을 웹소설과 함께 묶으려는 시도가 일어나고 있다. 어째선지 이런 시도는 꼭 웹소설 시장에 관해 아무것도 모르는 이들이 하곤 한다. '웹문학'이라는 용어를 쓰는 플랫폼은 확률적으로 웹소설 시장에 속하지 않고, 앞으로도 포함될 가능성이 극히 낮다. 웹소설 시장을 잘 이해하는 기업이라면 결코 이 말을 쓰지 않는다. 그러므로 명확하게 웹소설 작가를 꿈꾼다면 '웹문학'을 내세우는 사이트에 원고를 올리지 말자. 웹소설 출판사에서 일하는 PD 역시 그런 사이트에는 굳이 들어가볼 필요가 없다.

그렇다면 어떤 소설이 진짜 웹소설일까? 시장은 무엇을 웹소설이라 부르는가? 원론적으로 장르 소설이 웹소설에 해당하지만 모든 장르가 웹소설로 인정받는 것은 아니다. 웹소설 시장에서 주류로 대우받는 장르가 무엇인지 명확하게 알아야 신인 작가도 신입 PD도 올바른 첫걸음을 내디딜 수 있다.

웹소설 시장은 카테고리로 움직인다

우리가 플랫폼에서 유심히 살펴봐야 할 것은 '카테고리'다. 이 카테고리가 바로 웹소설 시장을 주도적으로 이끌어가는 메이저 장르다. 웹소설 시장의 주요 장르는 여성향과 남성향으로 분류할 수 있다. 출판 플랫폼을 기준으로 로맨스, 로판(로맨스 판타지), BL이 여성향 장르로 분류된다. 그리고 판타지, 현판(현대 판타지), 무협이 남성향 장르로 묶인다. 이 장르의 이름이 그대로 웹소설 플랫폼의 카테고리명으로 쓰인다.

카테고리를 따로 빼기 애매한 장르는 큰 카테고리 안에 포함하여 유통된다. 예를 들어 SF는 스토리 전반에 흐르는 감성과 형태, 진행 패턴에 따라 카테고리가 지정된다. 앞으로 시장의 변화에 따라 특정 세부 장르가 새로운 카테고리명으로 나타날 가능성도 있다는 사실을 염두에 두어야 한다.

그렇다면 여성향, 남성향은 무엇일까? 웹소설 시장 바깥에 있는 사람들이 이 단어를 잘못 해석하는 경우가 자주 있다. 그래서 로맨스 공모전 참여작으로 '평범한 남자가 여성을 짝사랑하며 스토킹 수준으로 쫓아다니는' 스토리, '중노년의 남자가 과거의 여러 여자를 다시 만나 하룻밤을 보내는' 스토리, '남자가 자신의 성매수 경험을 기록한 논픽션' 스토리가 등장하는 괴현상이 종종 일어난다. 지금까지 언급한 세 이야기 모두 출판사 메일로 투고되기도 한다. 대체 어떤 로맨스 독자가 이따위 글을 읽을까? 모두 웹소설을 모르는 이들이 저지른 일이다. 여성향을 '여자를 좋아하는 남자'의 이야기로 착각하는 현상이 유독 많이 일어난다.

여성향은 여성 독자의, 남성향은 남성 독자의 성향과 감성을 따르는 장르다. 이는 웹소설 시장 분석 시 가장 중요하고도 절대적인 기준이다. 웹소설 작가는 자신의 장르가 어느 쪽에 속하는지 반드시 인지하고 있어야 한다. 웹소설 PD 역시 이를 기준으로 작품을 바라봐야 한다. 작가와 PD는 매 순간의 선택에 이 기준을 항상 반영하는 게 좋다.

웹소설 시장의 독자는 크게 움직이지 않는다. 각 장르의 독자는 각 장르를 주로 읽으며 해당 카테고리를 벗어나지 않는 경향을 보인다. 로맨스 독자는 '로맨스'만 누르고, 로판 독자는 '로판'만 누르고, BL 독자는 'BL'만 누른다는 뜻이다.

여러 장르를 보는 독자도 없지는 않다. 이성애 로맨스와 동성애 BL을 모두 즐기거나, 여성향 로판과 남성향 판타지를 동시에 보는 독자도 분명히 존재한다. 그러나 시장 전체를 바라본다면 이는 소수에 불과하다. 장르를 넘나들더라도 여성향 장르만 여러 개 섞어서 보거나, 혹은 남성향 장르만 여러 개 섞어서 보는 식이다. 모든 장르를 골고루 체크하는 경우는 일반 독자가 아니라 북마녀 같은 업계 관계자가 대부분이다. PD라면 업무상 당연히 그렇게 해야겠지만, 작가는 딱히 그럴 필요가 없다. 집필하느라 시간을 내기도 어려운 상황에서 집필과 관계없고 관심도 없는 장르까지 힘들여 살피지 않아도 된다.

여성향은 여성이 독식한다

여성향 장르의 독자 대부분은 여성이다. 근래 로판을 읽는 남성 독자도 조금씩 늘어나고 있다지만 여전히 소수다. 로맨스 역시 남성이 읽는다는 말 자체가 어떤 형태로든 아예 나오지 않을 만큼 여성에게 집중된 장르다.

BL이 남자 동성애자들의 러브 스토리이므로 게이들이 본다는 얘기도 있으나, 그들이 성소수자인 만큼 BL을 읽는 남성은 극소수에 불과하다. 워낙 현실과 동떨어진 스토리라인과 성관계 내용을 다루다 보니 동성애자들이 오히려 부담스러워하거나 자기들의 현실을 판타지화한다고 싫어한다는 문제도 있다. 또한 같은 웹소설 시장에 속해 있어도 BL을 혐오를 넘어 증오하는 호모포비아 독자가 상당수 존재한다는 사실을 잊지 말아야 한다. 실상 웹소설 시장의 남성 독자 대다수가 BL을 싫어한다고 여겨도 무방하다.

다만, 편집자로서 특정 장르를 혐오한다면 업무 진행과 직장 생활이 버거워질 가능성이 높다. 신생 업체나 1인 출판사가 아닌 한, 한 장르만 파는 출판사는 많지 않다. 부서가 나뉠 뿐 여성향과 남성향을 모두 다루는 경우가 대부분이다. 더욱이 여성향만 다룬다면 BL을 취급안 할 수 없다. 따라서 옆자리 동료나 상사가 그 장르를 주로 다루는 환경이 될 가능성이 크다. 때로는 자신이 맡지 않았던 장르를 편집부 사정상 급하게 편집해야 할 수도 있다. PD는 어느 장르를 담당하든 열린 마음으로 모든 장르를 바라봐야 한다는 점을 유념하자.

작가는 비슷한 장르의 작가들과 소셜 미디어로 소통하면서 친밀해지곤 한다. 그러나 급이 올라갈수록 다른 장르, 다른 계열의 작가들과 마주칠 일이 늘어난다. 공식 행사에서도 만날 수 있고 친목 모임에서 소개받기도 한다. 근래 사회 문제가 많다 보니 여성향 작가와 남성향 작가 사이에 트러블이 생기기도 한다. 함부로 다른 장르와 그 장르를 쓰는 작가를 무시하거나 혐오하는 발언을 하면 차후 큰 문제로 비화할 수 있다는 점을 유념하자. 특히 소셜 미디어에서 이런 발언은 절대 금지다.

로맨스

1990년대까지 로맨스 시장은 할리퀸 로맨스 등 외국 도서의 번역 출판에 의존했다. 1999년 이후 국내 창작 로맨스 공모전을 시작으로 국내 작가들의 출판이 이어졌다. 2000년대부터는 시장 전체를 국내 작가가 장악했다고 해도 과언이 아니다. 할리퀸 로맨스가 물량으로 대항했으나 한국인 작가가 쓴 한국 배경 로맨스가 한국 독자의 심금을 더 울린 것은 지극히 당연한 결과다. 이렇게 로맨스는 도서 대여점 시절을 지나 웹소설 플랫폼 초기부터 빠르게 웹 구조에 적응하여 웹소설 시장의 메인 장르로 등극했다.

로맨스는 장르명에서 느껴지는 이미지 그대로 남녀 간의 러브 스토리를 다룬다. 여성향 장르인 만큼 여성이 감정 이입할 수 있는 스토리로 만들어지며, 특히 여자 주인공 위주로 흘러간다. 또한 해피엔드로 마무리되는 것이 기본 중의 기본이다.

모든 '러브 스토리'가 로맨스 카테고리에 포함되지는 않는다. '네 남녀의 파국적인 사랑', '네 명의 남자와 차례대로 만나 결혼과 이혼을 반복하는 미망인' 같은 이야기는 웹소설 로맨스가 아니다. 우리의 로맨스는 일반서(일반 문학)의 로맨스와 다르다는 사실을 명확히 인지해야 한다.

웹소설 시장의 메이저 장르로서 로맨스는 '여자 주인공이 잘난 남자 주인공과 사랑에 빠지고, 자기 발전까지 이룸과 동시에 과거의 고통도 모두 해소되며 백년해로로 마무리되는 러브 스토리'를 말한다. 사랑과 연애 소재가 들어갔다고 무조건 '로맨스'로 정의되지 않는다는 뜻이다.

이렇게 장르의 역사가 길고 독자가 원하는 틀이 확고하다 보니 타 장르에 비해 클리셰가 많다. 웹소설 시장의 로맨스 카테고리에서 주류를 이루는 세부 장르는 현로(현대 로맨스)다. 특히 현로에서 클리셰가 자주 작동하는 편이다. 시쳇말로 '고인물' 독자가 다수이다 보니 이 클리셰에 대해 익숙하고 잘 알아서 민감한 반응이 자주 나온다. 독자들이 '로태기'(로맨스 권태기)에 빠지는 경우도 적지 않다. 클리셰에 너무 치우치면 지겹고 뻔하다는 반응이 나오고, 클리셰를 심하게 벗어나면 이건 로맨스가 아니라는 반발에 부딪히게 된다. 그렇다면 고인물 독자들의 니즈는 대체 무어란 말인가? 정확하게 정의하자면 '로맨스의 틀을 어느 정도 지키되, 뻔하지 않은 흐름과 캐릭터, 소재가 나와 클리셰를 변주하는 스토리'다.

사실 로맨스는 클리셰 범벅이어도 필력으로 끌고 가는 기성 작가가 다수 포진된 카테고리다. 그래서 독자들이 묻지도 따지지도 않고 샀다가 투덜대는 '선구매 후비판' 성향이 강하다.

　동양풍 로맨스의 경우, 카테고리가 헷갈릴 수 있다. 시장 안에서 동로판, 서로판이라는 이름으로 부르기도 하니 혼란이 야기되곤 한다. 하지만 로판이라는 카테고리가 없고 서양풍 작품이 지금처럼 쏟아지지 않았던 시절에 동양풍 로맨스는 현로와 섞여 로맨스 카테고리에서 유통됐고 지금도 그러하다. 현재 로판이 곧 서양풍 로판을 의미하는 시스템으로 굳어졌지만, 카테고리 분류에 관해서는 플랫폼에 따라 정책이 조금씩 다를 수 있다.

　로맨스는 웹소설 시장에서 영상화가 진행된 작품 수가 가장 많은 장르다. 현대 로맨스, 동양풍 로맨스는 대부분 원작 소설의 제목을 그대로 적용하여 IP 사업이 진행됐으며, 공중파 채널에서 TV 드라마, 웹드라마 등으로 방영됐다. 이전에 영상화가 완료된 소재는 다시 제작되기 어렵다. 그리하여 같은 장르의 다른 작품이어도 소재가 유사하다면 후발 주자는 영상화되기 쉽지 않다. 어떤 의미에서는 이전 성공작들이 방해되는 것도 사실이다.

　참고로, 2000년대 중반에 유행했던 '인소'('인터넷 소설'의 줄임말, 주로 학원 로맨스물)를 현 웹소설 시장의 로맨스와 동일시하는 경우도 있다. 그러나 이는 잘못된 인식이다. 당시 인소는 특정 커뮤니티 안에서만 게시됐고 웹상에서 유료화되진 않았으며, 종이책 출간 및 영상화를 통한 수익 사업이 진행되는 방식이었다. 또한 대표적인 작가 귀여니 등이 이모티콘을 원고에 적용하여 인기를 얻은 한편으로, 문단의 비판을 크게 받은 바 있다.

현 웹소설 시장에서 주류를 이루는 로맨스는 스토리의 성격 및 형식, 독자층이 크게 다르다. 주류 로맨스는 인소가 유행하던 시절에도 그와는 별개로 계속 맥을 이어가고 있었다. 그 로맨스 소설들이 바로 현 웹소설 시장에서 말하는 로맨스의 전신이다.

로판

로맨스 판타지, 즉 로판은 2010년대 중반에 나타난 카테고리다. '여자 주인공이 가상 시대 배경에서 모험을 하고 사랑에 빠지는 스토리'는 분명히 판타지이지만, 남성향 판타지 카테고리에 들어가기에는 독자 성향과 맞지 않았다. 출판 플랫폼에서는 이 스토리가 로맨스 카테고리에서 유통됐으나 현로에 치이는 상황이었다. 내용상으로도 러브 라인, 즉 사랑 서사(시장에서는 이를 Love의 L로 축약해 부르기도 한다)의 비중이 현로나 동양풍 로맨스에 비해 낮을뿐더러 세계관이 크다 보니 글의 길이도 무척 길어서 현로 독자와는 맞지 않았다. 로판 초기 인기작들의 서사가 너무 어린 캐릭터를 중심으로 진행됐다는 점도 로맨스 독자의 니즈에서 벗어나 있었다.

그리하여 자유 연재 플랫폼이 로판 카테고리를 신설하여 여성향 로판을 따로 배치하게 됐다. 이 수요가 압도적으로 커지자 출판 플랫폼도 독자의 니즈에 맞춰 로판 카테고리를 신설하고 본격적으로 로판 공급에 몰두하기 시작했다.

로판은 '로맨스 판타지'라는 이름에 깃든 이미지처럼 반은 로맨스, 반은 판타지인 장르다. 스토리에 따라 L의 비중이 조금씩 달라진다. 로맨스와 비교하자면, 로판은 사랑 이야기에 덜 치중해도 되는 면이 있다. 여주인공이 태어나는 장면부터 시작해 가족의 사랑을 듬뿍 받으며 성장하고 다양한 일을 겪는 흐름, 여주인공이 원수를 찾아내 대항하고 결국 복수에 성공하는 내용이 장편으로 흘러갈 때 L의 비중은 아무래도 낮아지게 된다. 이런 육아물이나 복수물이 로판 카테고리에 다수 존재하고 인기가 높다. 물론 스토리 자체가 러브 라인 위주로 돌아간다고 인기가 없는 것이 아니며, 더 강조되는 흐름이 훨씬 많다. 여성향 장르에서 남자 주인공의 매력과 남녀의 사랑은 언제나 중요한 셀링 포인트다.

웹소설의 역사 속에서 로판은 신생 장르이기는 하지만, 수년 새 폭발적으로 작품 수가 증가했다. 그렇기 때문에 클리셰가 빠르게 축적되기에 이르렀다. 로판에서는 트렌드가 그대로 클리셰로 정착하는 경우가 대다수라 할 수 있다. 여주인공을 악녀로 내세우는 것이 유행하면 '악녀인 줄 알았는데 알고 보니 억울한 케이스'가 클리셰화하는 식이다.

정말 '사악한 여성'이 여성향 웹소설의 주인공이 되는 경우는 전무하다고 해도 과언이 아니다. 복수를 잔인하게 한다고 '악녀'는 아니다. 세간에 악녀로 알려져 있던 주인공에게 반전이 있거나, 선한 영혼이 악녀의 몸에 들어가는 식으로 다양한 변주가 진행된다. 웹소설을 제대로 안 본 사람들이 제목만 보고 착각하며, 문학평론가마저 말도 안 되는 분석 칼럼을 내놓기까지 한다. 제목에 악녀가 들어가는 건 일종의 후킹이다.

로판은 초등학교 고학년 여학생부터 보기 때문에 독자층이 로맨스보다 훨씬 넓다. 또한 로맨스보다 훨씬 더 독립적이고 활동적인 여성상을 추구하며, 그와 함께 젠더 이슈에 민감한 독자가 상대적으로 많은 편이다.

현 웹소설 시장에선 '로판=서양풍(가상 시대)'이 공식으로 자리 잡았다. 서양풍 가상 시대를 배경으로 외국인이 주로 등장하는 내용인데, 외국인 캐릭터를 그대로 한국에서 드라마나 영화에 등장시키는 것은 무리다. 대신 그 내용을 현대 배경으로 각색하는 등의 시도가 이루어지고 있다. 어색하지 않은 선에서 드레스, 갑옷, 성 등 시각적 요소는 맞출 수 있을 것이다.

로판의 웹툰화는 별문제가 없어서 원작의 매출이 웬만한 수준이면 웹툰 제작으로 빠르게 이어지곤 한다. 작가가 유명하다면 신작 계약 시 무조건 웹툰화를 포함하는 경우도 허다하다. 즉 그 신작이 얼마나 성공할지 알지 못한 채로 일단 웹툰 계약이 성사되는 경우가 상당수다.

로판은 분량 역시 로맨스와 차이가 있다. 로맨스가 70화 정도로 마무리되어도 괜찮은 장르라면, 로판은 70화가 유통과 프로모션이 가능해지는 최소 분량이다. 당연히 최소 분량보다 훨씬 길어야 충분한 매출을 뽑을 수 있다. 일반적으로는 최소 분량의 2배 이상으로 진행하여 완결을 낸다.

BL

BL은 'boys love'의 줄임말로서 남성 간의 사랑, 즉 동성애를 다루는 장르다. 2000년대 중반까지 쓰였던 '야오이'라는 이름이 '일본에서 출발한 비도덕적인 스토리'라는 이미지가 강했다면, 이후 BL이 '야오이'를 완전히 대체하는 용어로 자리 잡고 수면 위로 올라오기 시작했다.

야오이 시절에는 성인 인증이 필요한 폐쇄적인 사이트(총칭 '성인동')가 BL 독자 사이에서 인기를 누렸다. 유명 BL 작가들은 통판 등으로 큰 매출을 올리면서도 공식적으로는 성인동에 숨어 있을 수밖에 없었다. 드라마 혹은 상대적으로 사회적 압박이 없는 로맨스 쪽에서 BL을 표절하더라도 피해 작가가 자신의 신변 보호를 위해 저작권을 지키지 못한 일도 비일비재했다. 장르 자체가 핍박받던 시절의 일이다.

2010년대로 넘어오면서 BL은 로맨스와 함께 여성향 웹소설의 한 축을 담당하게 됐다. 현시점 기준 전부 웹소설 시장으로 나왔다고 해도 과언이 아니다. 성인동에서 인기를 누렸던 작가 대부분은 리디에 빠르게 정착하여 과거의 영광을 이어가고 있다. 비교적 보수적인 대기업 플랫폼인 시리즈와 카카페에서도 BL 카테고리를 만들어 공급과 수

요의 층이 탄탄한 BL 시장을 확장해나가는 중이다.

PD든 작가든 꼭 알아두어야 할 점은 BL과 퀴어 소설의 차이다. BL은 남자들의 동성애 스토리이면서도 여성 독자의 판타지에 입각한 대중문학의 흐름을 유지해야 한다. 일반서 스타일의 퀴어 소설은 BL 시장에서 통하지 않는다. 일례로 현실에서는 양성애자가 상당수 존재하지만, BL에서 양성애자를 주인공으로 내세우는 일은 일어나지 않는다.

대신 다른 여성향 장르와는 달리, 스토리 전체가 사건 중심으로 진행되느라 사랑의 감정선이 잘 드러나지 않더라도 BL 시장에서 매출을 올릴 수 있다. 쉽게 말해 주인공 둘이 남자이고 둘 사이에 사랑의 감정이 오간다는 뉘앙스만 준다면, 실제로 그 둘의 연애사가 상세히 나오지 않고 스토리 내내 두 사람이 사건에만 매달려 있어도 괜찮다는 뜻이다. 하지만 언제나 그렇듯 BL 시장 역시 확률적으로, 또 비율적으로 러브 스토리가 우세하다.

두 주인공이 모두 남자이다 보니 BL 속 인물들의 행동이 훨씬 더 과격해도 문제가 없는 편이다. 또한, 로맨스나 로판에서 남주인공이 여주인공에게 했다면 큰 욕을 먹고 논란이 될 만한 말이나 행동, 특히 폭력적인 행동도 BL에서는 어느 정도 허용된다.

BL의 IP 사업은 동성애를 바라보는 사회적 시선이 변화함에 따라 점점 확장세를 띠고 있다. 웹툰 수요도 커서 웹툰 제작이 활발하게 이루어진다. BL은 19금이 워낙 우세한 장르이지만, 로판만큼이나 장편이 많다. 그래서 19금 장르여도 15금 IP로 진행하는 게 힘들지 않다. 작품 특성에 따라 19금 혹은 15금 버전으로 수위를 낮춘 웹툰이 만들어지기도 한다.

한때 BL이 아무리 대박을 쳐도 영상화는 꿈도 못 꾸던 시절이 있었다. 하지만 2022년 『시맨틱 에러』가 드라마로 제작되어 왓챠에 입성하고 엄청난 인기몰이를 하면서 제작사와 투자사의 인식도 바뀌기 시작했다. 이후 『신입 사원』,『조폭인 내가 고등학생이 되었습니다』 등 여러 작품의 드라마화가 이어지고 있다. 다만 대중적 인기를 위해 BL을 '브로맨스' 수준으로 수위를 낮춰 만드는 경우도 적지 않다.

웹소설 시장에선 19금도 당당하다

웹소설 시장 내에서는 19금 작품의 수요와 공급이 이루어진다. 19금을 제외하고 여성향 장르를 논할 수는 없다. 로맨스, 로판, BL 모두 러브 스토리를 추구하는 장르인데 연애에서 스킨십을 제외한다는 건 현실적으로도 말이 안 되지 않는가. 여성향 웹소설 시장에서 '플라토닉 러브'를 주장하는 작품은 현실적으로 존재하지 않는다고 해도 과언이 아니다.

등급 무관 세 장르 모두 성애적인 장면이 어느 정도 들어간다. 다만 15금 이하 등급과 19금 등급을 받은 작품의 수위 격차가 심한 편이다. 웹소설 시장의 19금 수위 및 집필에 관해서는 『북마녀의 19금 웹소설 단어 사전』(허들링북스)에서 자세한 내용을 풀어놓았으니 참고하길 바란다.

15금 장편 중심으로 프로모션이 진행되는 플랫폼에도 19금 작품을 유통할 수는 있지만 프로모션 기회를 얻기 힘들다. 원본 그대로 유통할 수 없어서 내용의 일부를 삭제하고 유통해야 하는 경우도 있다. 반대로 매출의 큰 비중을 19금 작품들이 차지하는 플랫폼도 존재한다. 바로 리디가 여성향 19금 작품들로 사업 규모를 키우고 거대 투자 유치에 성공하며 유니콘 기업이 된 사례다.

그 외, 여성 간의 러브 스토리를 다루는 GL 역시 여성향 웹소설 시장에 편입되어 있다. 아직은 웹소설 시장 안에서도 대중적인 장르가 아니라 매출이 크지는 않다. 그래도 정말 척박했던 2~3년 전에 비하면 GL 시장도 꽤 커진 상태다.

웹소설 장르 집중 탐구 ②: 남성향

남성향 웹소설의 달콤살벌한 특징

남성향 웹소설 역시 장르별 특징이 뚜렷하지만, 장르를 초월하는 공통점이 여성향에 비해 훨씬 더 강력하다. 여성향 장르와의 차이점이 극심하다는 점 역시 남성향의 특징이다. 장르에 관해 구체적으로 살펴보기 전, 기억해야 할 정보 몇 가지를 정리해보겠다. 특히 남성향 장르에 처음 도전한다면 작가든 PD든 이 내용을 완벽하게 숙지해야 한다.

① 남성향은 남성 중심

여성향 장르를 보는 남성 독자보다 남성향 장르를 보는 여성 독자가 훨씬 많다는 것은 명백한 사실이다. 그래도 독자의 대다수가 남성이니 남성향 장르 시장이 딱히 여성 독자를 고려하여 돌아가지는 않는다. 여성향은 여성 독자 중심, 남성향은 남성 독자 중심이라는 원칙은 깨지는 일이 없다고 생각하자. 이러한 이유로 남성향 장르의 주인공은 '남성'이 기본이며, 주인공이 여성인 작품은 자유 연재 플랫폼에서 심하게 배제되고 욕을 먹는 경향이 있다.

② 1권 무료 정책과 독자의 인내심

남성향 장르의 무료 연재는 현재 문피아가 독점하다시피 하고 있다. 남성향 장르는 출판 플랫폼에서 단행본 기준 1권 무료 정책을 대부분 유지한다. 이는 평균 25~30화 분량에 해당한다. 문피아에서 작가가 해당 분량까지 무료로 연재하며 인기를 쌓고 독자의 인정을 받은 다음, 이후 회차들을 문피아 내에서 유료화하는 시스템이 자리를 잡은 것이다. 출판사와 계약한 후 타 플랫폼에 유통이 진행될 때도 이 무료 회차가 동일하게 적용된다(여기서 이벤트가 추가되면 무료 분량이 늘어날 수는 있다).

남성향 장르에서는 작가를 향한 팬심으로 불만을 참고 인내하며 정주행하는 독자가 거의 없다. 남성 독자가 여성 독자보다 유료 구매에 훨씬 더 냉정한 편이다. 즉, 이 유료화 성공 여부에 따라 그 작품의 성패가 판가름 난다. 웬만한 톱 레벨이 아니라면 기성 작가 역시 유료화에 실패할 수 있다. 그래서 데뷔작이 잘 팔렸더라도 차기작에 대한 부담감을 토로하는 작가가 상당수에 이른다. 이 흐름에서 플랫폼 정식 연재는 제외되지만, 정식 연재를 할 수 있는 작가는 그만큼 이전에 탄탄한 성과를 만든 경우가 대부분이다.

③ 플랫폼의 카테고리 분류

웹소설 카테고리는 주요 장르별로 분류되고, 카테고리명이 주요 장르의 명칭 그대로 명명되어 있다. 카카오페이지와 시리즈 등 주요 출판 플랫폼의 카테고리 중 남성향은 현판, 판타지, 무협이다. 리디는 남성향을 '판타지'로 통칭하고 모든 남성향 장르를 판타지 카테고리에서 유통하고 있으나, 이곳은 워낙 여성향이 강한 플랫폼이므로 논외로 친다. 시리즈에 대체로 남성향에 속하는 '라이트 노벨' 카테고리가 따로 있지만 유명무실한 상태이고, 국내 작품보다 일본 수입 라노벨이 주로 유통되고 있으므로 이 역시 논외로 쳐야 한다.

앞에서 자세히 언급한 문피아는 독자가 자신의 흥미에 맞는 소재에 접근하기 쉽도록 세부 장르를 잘 분류해두었다. 세부 장르가 홈 화면에 바로 노출되지는 않지만 찾아보는 일은 어렵지 않다. 무협, 판타지, 현대 판타지를 제외하면 퓨전, 게임, 스포츠, 라이트 노벨, 대체역사, 전쟁/밀리터리, SF 등 세부 장르 분류가 나온다. 이 중 대체역사(대역물)가 중요하게 다룰 만한 장르다. 주류 장르와 비교했을 때 차이점이 뚜렷하므로 이번 4강에서 별도로 소개하겠다.

④ 견고한 영웅 서사, 그러나 현대적 변화

남성향 장르는 사회적·물질적 성공을 향한 열망을 노골적으로 드러내고 최종적으로 그것을 이루어낸다. 그 과정에서 일어나는 서열 다툼에서 남자 주인공은 '알파남alpha-male'이 되고 모든 것을 독식하게 된다. 여성향 장르에서는 남자 주인공이 이미 알파남인 상태로 스토리가 진행되는 경우가 대부분이고, 러브 스토리를 주로 다루다 보니 이 열망이 노골적으로 드러나지는 않는다.

과거에는 남성향 작품에서 성공 과정이 대기만성형으로 이루어지는 게 허용됐다. 하지만 현재는 비교할 수 없을 만큼 빠른 속도로 능력치가 높아지고, 때로는 별다른 노력 없이도 도입부터 능력을 얻어 성공하는 설정이 훨씬 더 많아졌다. 말하자면 '이 중에 내가 제일 강함!', '나만 모든 것을 알고 있음!'을 기반으로 '시작은 미약하지만 끝은 창대하리라!'와 같은 상황이 진행되는데 미약한 시작 구간이 몹시 짧게 나오는 구조랄까? 이는 남성향으로 정의되는 모든 장르에서 공통적으로 보이는 서사의 흐름이다. 대신 워낙 다양한 소재가 다뤄지다 보니 서사가 일관성을 보이는 것 외에는 장면의 클리셰가 그렇게 심하지는 않은 편이다.

반면, 제목에 유행하는 단어를 따라 쓰는 경향은 여성향보다 훨씬 더 심하다. 예를 들어 제목에 '레벨 업'이라는 단어가 들어간 작품이 뜨면 이후 히트작과 매우 흡사한 구조로 구성된 제목이 상당수 나타난다. 한동안 '천재'가 쏟아지기도 했고, 얼마 전까지 '이혼 후'도 쏟아졌다. 이 문제가 여성향에는 없다고 말할 수는 없으나 빈도가 낮은 편이다. 이렇게 특징적인 표현과 일부 패턴이 유사할 경우 여성향에선 문제가 제기될 가능성이 크다. 그러나 남성향에서는 별다른 제재 없이 이를 용인하는 편이다.

⑤ 플랫폼만이 유일한 계약의 길

현재 웹소설 시장에서 남성향 작품은 출판사의 컨택을 받아야 출판 계약을 할 수 있다. 한마디로 투고 계약이 불가능하다. 연재 플랫폼을 거치지 않았거나 조회 수가 낮은 작품은 투고하더라도 계약이 성사되지 않고 계약되더라도 제대로 된 프로모션 기회를 받기가 힘들다. 좋은 작품이어도 데이터가 없으면 메이저 출판 플랫폼 MD들이 관심을 주지 않는다. 여성향 작품이 계약까지 이르는 길이 다양한 것과는 사뭇 다른 양상이다.

그러므로 남성향 웹소설을 쓴다면 무조건 자유 연재 플랫폼에서 떠야 한다. 플랫폼에서 연재하여 조회 수가 높게 나오고, 상위권 랭킹에 오르면 출판사의 컨택 메일을 여러 건 받게 된다. 공모전조차 해당 플랫폼에서 공개적으로 진행되고 인기 순위가 평가 기준에 가장 큰 영향을 미치기 때문에 다른 방법이 없다.

현재 남성향 장르를 주도하는 곳은 문피아와 노벨피아다. 그런데 두 플랫폼은 사이트의 분위기도 중심축을 이루는 장르의 성격도 확연히 다르다. 짧다면 짧고 길다면 긴 웹소설 시장의 역사에서 문피아는 주로 전통적인 장르가 강하다(실제로 문피아의 오랜 수장 김환철 대표가 무협 작가 금강이며, 이는 플랫폼의 전반적인 특징에 영향을 미치는 요소다). 반대로 노벨피아는 사이트에 들어서는 순간부터 라이트 노벨의 향기가 물씬 풍긴다. 또한 19금 역시 문피아보다 노벨피아가 더 과감하게 노출하는 편이다. 물론 이번에 설명할 주류 장르에 포함된 작품도 많다.

판타지

판타지는 오랜 역사를 자랑하는 장르다. 도서 대여점 시절에 활약했던 1세대 퓨전 판타지는 분명히 웹소설 판타지의 전신이지만 동일하다고 할 수 없다. 또한 현재 유통되는 웹소설 판타지와 일반서 판타지는 분리해 생각해야 한다. 참고로 웹소설 시장에서 『해리 포터와 마법사의 돌』(문학수첩)이나 『달러구트 꿈 백화점』(팩토리나인) 같은 스타일은 다뤄지지 않는다.

　웹소설 플랫폼에서 볼 수 있는 판타지를 기준으로 '환상'적인 배경 설정이라면 판타지라고 봐도 된다. 우주, 던전 등 어느 정도 알려진 세계뿐만 아니라 게임 속, 소설 속 등 작가가 구현해낸 가상의 세계에서 스토리가 진행된다면 현대 배경은 분명히 아니다. 웹소설에서 주인공이 게임이나 소설 속 세계로 들어가게 되는 도입부는 매우 흔한 판타지 설정이다. 현대 및 근미래의 지구, 특히 대한민국이 아닌 이세계異世

界가 스토리의 주요 배경일 경우 판타지로 분류한다. 또한 도입부 배경이 현대여도 대한민국 청년이 어느 이세계로 넘어가면서 본격적인 이야기가 진행된다면 이는 현대 판타지가 아니라 판타지로 분류한다. 헌터, 마법, 마검사, 정령사, 네크로맨서 등 각종 판타지 소재가 흔히 나오며, 게임물 역시 게임 속 세계에 들어가는 형태라면 판타지가 분명하다. 이 정의에 따라 SF 소재가 활용되는 작품은 대체로 판타지 카테고리에서 만날 수 있다.

판타지는 트렌드에 매우 민감하며 시기에 따라 유행하는 소재가 분명히 존재한다. 그래도 전반적으로는 다양한 소재가 등장하고 골고루 인기가 있는 편이다. 신분 제도가 있는 가상 시대 배경에서 가주가 되어 복수하는 작품과 게임 속에서 헌터로서 살아남는 작품이 동시에 인기작이 될 수 있다는 뜻이다.

판타지는 배경 특성상 영상화에 상당한 무리가 따른다. 그래서 웹툰이나 게임 중심으로 IP 사업이 진행되는 편이다. 초장편 위주로 돌아가는 장르라서 웹툰 제작비가 여성향보다 훨씬 높다. 원작이 따로 없는 오리지널 웹툰에서 웹소설 판타지 스타일의 스토리가 진행되는 경우도 흔하다. 그래서 누가 봐도 '대박작'이라고 인정할 만큼 높은 매출을 올려야 웹툰화가 가능해 보인다. 물론 웹소설 판타지 중 대박작이 수두룩하기 때문에 그 작품들은 웬만하면 웹툰화가 진행되고 있다. 그래도 여성향(특히 로판)에 비해 그 기준이 상대적으로 높다고 볼 수 있다.

※ 최근 웹소설 시장에서 대박이 난 판타지 작품이 종이책으로 출간되는 일이 왕왕 있다. 그 종이책은 온라인 서점 카테고리 중 '장르 소설'의 판타지/환상문학에 들어가게 된다. 그리하여 웹소설인『전지적 독자 시점』(비채)이『메리골드 마음 세탁소』(북로망스)와『저주토끼』(래빗홀) 사이에 끼어 있는 광경을 발견할 수 있다. 이는 종이책 유통에서 보이는 특이한 현상이다. 한편,『메리골드 마음 세탁소』와『저주토끼』의 전자책은 웹소설의 판타지가 아닌 일반서 전자책 코너 중 문학(소설) 카테고리로 분류 및 유통되며, 웹소설 랭킹에 들어올 수 없다.

현대 판타지

현대 판타지는 웹소설 시장의 성장과 함께 현대 배경의 판타지 작품들이 급격히 증가하면서 독립한 장르다. 정식 명칭이 길다 보니 출판 플랫폼의 카테고리에서는 로판과 같이 '현판'이라고 지칭된다. 현판이 판타지에서 파생된 만큼 두 카테고리의 작품들은 서로 유사한 특징을 보인다. 하지만 정판(정통 판타지), 겜판(게임 판타지) 등과 현판이 같은 카테고리로 묶이기에는 확실히 모호한 구석이 있다. 게임을 배경으로 하더라도 주인공이 게임 속으로 들어가 그곳에서 계속 이야기가 진행되는 스토리와 주인공이 게임에 접속하더라도 잠깐일 뿐 현실 세계의 이야기가 계속 진행되는 스토리는 에피소드의 비중과 진행 방식에 따라 카테고리가 갈릴 수 있다.

스포츠물, 전문직물, 기업물, 연예계물, 인방(인터넷 방송)물 등 현대를 배경으로 다채로운 소재를 다루는 스토리가 현판에 해당한다. 지금 당장이 아니어도 근현대에서 근미래 시기를 배경으로 한다면 현판이 될 수 있다. 웹소설에서 자주 활용되는 회빙환(회귀, 빙의, 환생) 설정이 원론적으로 환상 소재이기는 하지만, 도입부용 소재로만 활용되고 주인공이 현대에서 살아간다면 판타지가 아니라 현판으로 분류된다.

현대 대한민국 사회를 살아가는 작가들에게 현판은 복잡한 세계관 설정 없이 바로 스토리텔링이 가능한 장르다. 시작하기 수월하다면 도전하는 사람이 많을 테니 경쟁도 치열할 수밖에 없다. 여성향에서 서로판이나 동로판보다 현로에 도전하는 지망생이 월등히 많은 것도 같은 이유다. 현실 세계를 배경으로 하기 때문에 어느 정도 현실의 이슈나 정보를 활용하거나 도입할 수 있고 이것이 일종의 재미 요소로 작용한다.

한편 작품에 등장하는 직업의 실제 종사자가 직접 내용에 관해 반박하는 사태가 벌어지기도 한다. 요즘은 전문가가 아니어도 잘못된 정보를 확인할 방법이 다양하다. 그러므로 현판 작가가 자료 조사를 제대로 하지 않는다면 현실 소재는 양날의 검이 될 수 있다. 특히 전문직물과 기업물은 사전 준비를 철저히 해야 한다.

현판은 판타지나 무협에 비해 영상화가 비교적 쉬운 장르다. 현대 한국을 배경으로 한국인 주인공이 나오고 대체로 심한 CG나 과도한 로케이션이 불필요한 만큼 드라마 제작사의 관심도 매우 크다. 현판은 웹툰화로 크게 성공한 작품도 분명히 여럿 존재하지만, 시장 전체를 따져본다면 판타지에 비해 그 수가 적은 편이다. 이는 원작이 따로 없는 오리지널 웹툰이 현판 소재의 수요를 너끈히 해결하고 있기 때문으로 분석된다.

무협

무협은 웹소설 시장에서 가장 오랜 역사를 자랑하는 장르로서, 그 시작은 1960년대까지 거슬러 올라간다. 1980년대 황금기까지의 무협을 구무협, 1990년대부터 등장한 2세대 무협을 신무협이라 부르는 것이 일반적이다. 도서 대여점이 모든 동네에서 출혈 경쟁을 펼쳤던 2000년대에는 '판협지'(판타지+무협지)라는 용어도 등장했으나, 이 역시 신무협으로 통칭한다. 그러나 현시점에 구무협, 신무협을 따지는 것은 하등 의미가 없다. 현재 웹소설 독자에게 그 옛날 작품들은 전부 정통 무협일 뿐이다. 현 웹소설 시장의 무협 작품은 대부분 퓨전 무협에 속한다.

무협은 특이점이 있는 가상 배경의 동양풍 세계관을 다루는 장르이기에 무협에서만 쓰이는 특징적인 용어가 존재한다. 배경, 세계관, 무술, 그리고 액션 관련 용어가 지금도 유지되고 있다.

퓨전 무협 역시 이를 기반으로 하면서도 일정 수준 이상 현 웹소설 시장의 트렌드와 흐름을 무협 스토리에 녹이는 방식을 쓴다. 예를 들어 현대 배경 한복판에 '천마'가 떨어지고 현대에 적응한다면, 용어의 제약이 훨씬 덜해질 것이다.

현시점에서 무협 독자층의 폭은 타 장르에 비해 약간 좁아진 듯하다. 그러나 문피아 초창기에 중심을 이뤘던 장르가 무협이라는 사실을 알고 있는가? 오래전부터 무협을 즐겨온 연령층이 웹소설 시장으로 넘어와 여전히 무협을 즐기고 있으며, 매출의 밀도 역시 높은 편이다. 오래된 정통 무협 작품들이 표지 갈이를 하여 재출간을 거듭해도 지금까지 계속 팔리는 현상은 PD와 작가 모두 주의 깊게 살펴야 한다.

무협의 IP 판권 역시 웹툰 및 게임 중심으로 진행되고 있다. 플랫폼에서는 체감상 웹툰화된 무협이 많아 보일 것이다. 이는 근래 출간된 퓨전 무협뿐만 아니라 구무협과 신무협에 해당하는 스테디셀러들이 일찍이 웹툰으로 만들어졌기 때문이다.

현재 남성향에서 무협을 쓸 수 있는 작가군은 타 장르보다 적다. 특히 낮은 연령대의 작가층이 비교적 얇다는 것은 장르의 미래에 치명적이다. 그러나 독자가 적다고 말하긴 힘들다. 『화산귀환』(에이템포미디어)처럼 대형 히트작이 나올 수 있다는 가능성은 언제나 경이롭고 달콤하다. 절대적으로 접근하기 어려운 장르이지만 상대적으로 경쟁이 덜하다는 점을 기억하고 과감히 도전해보길 바란다.

대체역사물

대체역사물(대역물)은 작가가 고안한 가상 세계가 아니라 실존 역사를 다룬다는 점에서 차별성을 띤다. 다만, 네이버 시리즈나 카카오페이지에는 해당 카테고리가 따로 없으므로 판타지 카테고리로 편입된다.

대역물이 '카테고리'의 이름이 아닌데도 이렇게 별도로 소개하는 까닭은 앞으로 출판 플랫폼에서 별도의 카테고리로 만들어져 입지가 높아질 가능성이 가장 큰 장르로 판단하기 때문이다. 어느 날 갑자기 웹소설 시장에 로판 카테고리가 등장한 것처럼 말이다.

그렇다면 대체역사란 무엇을 의미할까? 쉽게 말해 주인공이 과거 시대로 역행하여 들어가 역사를 대체하는, 즉 실존 역사를 바꾸는 판타지 장르다. 이는 자신이 살았던 시대로 돌아가는 것이 아니므로 회귀물과는 다르다. 설정상 빙의 소재를 쓰는 경우가 대부분이다. 예를 들어 깨어나 보니 삼촌에게 왕위를 빼앗기고 죽을 팔자의 단종이 됐다거나, 아버지가 흥선대원군이라면 주인공은 어떻게 그 시대를 살아갈까? 기존 역사를 그대로 반복하진 않을 것이다.

대체역사물은 웹소설 시장의 성장과 함께 계속 존재해왔지만, 타 장르에 비해 뒤늦게 위상이 높아졌다. 실존 역사를 다루기 때문에 소셜 미디어와 커뮤니티 게시판을 통해 웹소설을 보지 않는 사람들 사이에서도 화제가 되는 일이 잦다. 한편으로 자칭 역사 전문가, 역사 '덕후' 들이 예리한 눈으로 지켜보고 있다는 사실을 작가와 PD 모두 염두에 두어야 한다.

　대역물은 '역사 소설'의 한 부류라 할 수 있겠지만 그 결이 매우 다르다. 역사 소설이 해당 역사를 바꾸지 않는 선에서 상상력을 발휘해 스토리를 진행한다면, 대역물은 주인공에 의해 역사가 바뀔 수 있다는 전제가 기본이 된다. 장르의 목적 자체가 역사 변경을 주도하는 것에 있다 보니 역사 왜곡 논란이 사전에 차단되는 장점이 있다. 어찌 보면 동양풍 로맨스들이 '조선 같지만 진짜 조선은 아닌 가상의 반도 국가'를 설정하여 논란을 피하는 것과 흡사하다. 다만 동양풍 로맨스의 배경이 '가상 시대'인 반면 대역물은 확실하게 그 시대를 깔고 간다. 그러므로 너무 심한 왜곡이나 시대상에 맞지 않는 설정은 문제가 될 수 있다. 또한 친일, 친중 등의 성격을 띠는 흐름도 당연히 큰 문제로 비화할 수 있다.

　웹소설 시장에서 드라마화에 성공한 작품들을 살펴보면 사극이 은근히 많다. 한마디로 사극 드라마의 수요가 매우 크다. 실존 시대를 배경으로 한 사극 드라마들이 근래 들어 역사 왜곡 및 중국 자본에 의한 동북공정 논란을 빚는 가운데, 역사를 바꾸되 한국에 유리한 방향으로 개입하여 발전시키는 대역물은 아주 매력적인 대안이 될 것이다. 웹툰화 역시 충분한 가능성이 있다.

　지금까지 3강과 4강에서 웹소설 시장의 주요 장르를 살펴보았다. 오래전부터 웹소설을 보지 않았더라도 대략적으로나마 장르별 이해도가 높아졌으리라 예상한다.

오늘날 남성향 웹소설 시장에서는 '퓨전 판타지'의 장르와 장르가 섞이는 정도가 심해져서 어느 카테고리로 들어가야 할지 혼동되는 상황이 적지 않다. 웹소설에 아무리 틀이 있다고 해도 모든 스토리가 동일한 틀, 동일한 설정으로 흘러가진 않는다. 스토리의 시작점에서 혹은 스토리가 흘러가면서 '어 이게 현판 맞아? 이게 판타지 맞아? 이건 무협이 아닌 것 같은데?'와 같은 혼란이 생기게 된다.

웬만해선 러브 스토리와 특정 배경 위주로 흘러가는 여성향에 비해 남성향 작품에서 이런 경우가 부지기수로 생긴다. 유통 시 카테고리를 확정하는 건 편집자의 매우 중요한 업무이며, 동시에 마케팅 포인트가 된다. 대세를 거스르지 않되 매출에 기여할 수 있는 방향으로 선택하는 것이 우선이다.

작가는 편집자와 이를 논의하되, 자신의 의견도 명확하게 말할 수 있어야 한다. 시장은 정체되어 있지 않고 현재의 트렌드에 따라 달라지는 요소도 다양하다. 당장 눈앞에 쌓인 마감에만 파묻혀 있지 말고 장르와 시대의 변화를 계속 지켜보자.

최근에는 젠더 이슈를 작품에 넣는 경우도 없지 않다. 이렇게 사회적인 문제를 대놓고 거론할 땐 수위 조절이 반드시 필요하다. 잠깐의 화제 몰이로 호응을 얻을 수는 있어도 장기적으로는 위험할 수 있다. 한쪽에 너무 치우치지 않아야 밀리언셀러가 될 가능성이 크다는 사실을 잊지 말자. 남성향 장르에서 남성 독자가 많이 보면 당연히 히트작이 된다. 한데 여기에 여성 독자까지 붙는다면 고공 행진하여 메가 히트작이 된다. 여성 팬덤이 어마어마하게 생긴『전지적 독자 시점』,『데뷔 못하면 죽는 병 걸림』등을 생각해보면 납득이 갈 것이다.

　트렌드에 민감한 남성향 장르를 쓰는 지망생들은 트렌디한 소재를 찾아 헤맨다. 그러나 작품의 흥망 여부는 소재보다 필력이 영향을 미치는 경우가 더 많다. 새로운 소재 찾기는 기성 작가가 고민해야 할 몫이다. 신인 작가는 트렌드를 분석하되 그보다 먼저 스토리텔링과 함께 필력을 기르는 일이 우선이다.

웹소설 PD의 업무를 한마디로 정의하자면 웹소설을 상품화하여 독자에게 선보이는 일이다. 작가의 머리와 손끝에서 탄생하여 편집자의 손길을 거쳐 세상의 빛을 보게 되는 건 전자책으로 제작되는 웹소설이나 종이책 소설이나 마찬가지다. 그러나 웹소설 시장에서 작가와 편집자의 관계와 역할 분담은 종이책 시장과는 다른 면이 분명히 존재한다. 연관된 실무의 허용 범위도 상당히 다르며, 복잡하고 세세한 단계가 서로 얽혀 있다.

이번 파트에서는 웹소설 PD의 실무를 낱낱이 파헤친다. 한 작품이 출간 및 유통되는 제작 시스템을 업무 일정의 순서대로 살펴볼 것이다. 웹소설 PD의 일은 원고가 들어온 순간부터 시작되는 것이 아니다. 밑 작업을 미리미리 탄탄히 해둬야 작품을 성공적으로 유통하고, 그 결과가 실질적인 매출로 이어질 수 있다. 원고가 들어오기 전까지 PD가 흥청망청 놀 거라는 생각은 직무를 잘 모르는 이들의 엄청난 착각이다.

웹소설 출간 과정은 시간이 흘러 '경험'이 쌓이면 자연히 이해되는 시스템이다. 하지만 출판사의 업무가 어떻게 돌아가는지 그 원리와 시스템을 미리 파악한다면 실무 적응이 훨씬 수월해질 것이다. 아직 데뷔 전인 지망생, 데뷔했지만 출판 시스템을 잘 알지 못하는 작가라면 더욱 꼼꼼히 숙지해야 한다. 출간까지 가는 과정 내내 담당자와의 소통 및 협업이 한결 편하고 여유로워질 테니까.

PART 2
헐레벌떡
웹소설 출간의 실체?
실제!

계약 후 출간까지 웹소설 프로듀싱 사이클

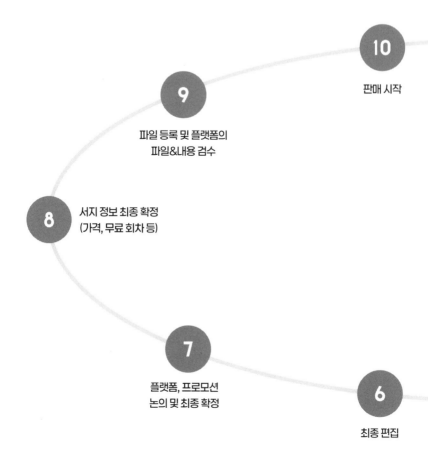

위의 순서는 '완성 원고'를 전제로 한 기초적인 웹소설 제작 과정이다. 장르와 작품 길이에 따라 프로모션과 플랫폼 등 미리 정해야 할 사항이 발생하기에 계약 이후 단계에서는 작업 순서가 변동되는 일이 부

1

계약 및 담당자 배정

2

원고 피드백 및 원고 완성 예상 일정
논의(플랫폼 심사 준비)

일러스트 기획 및 섭외, 제작
(일러스트 표지를 만들 경우)

3

4

원고 완성

5

표지 디자인
논의 및 제작

지기수다. 특히 플랫폼마다 심사 타이밍이 다르니 변동 사항이 많다.
신인 작가의 담당자 배정은 업체의 정책에 따라 탈고 이후에 진행될
수 있다.

웹소설 PD의 실무 A to Z ❶ : 작품 발굴과 작가 컨택

작품의 출판 계약 이전 업무, 즉 계약을 위해 PD가 반드시 해야 하는 작업은 무엇일까? 우선 작품을 찾아야 할 것이다. 웹소설 출판사에 취업했는데 신규 직원에게 바로 관리할 작가가 배정되는 일은 극히 드물다. 회사의 정책에 따라 다르겠지만 선임 직원들이 자신이 담당하는 작가를 신입 PD에게 인계하는 일은 흔하지 않다.

전임자가 관리하던 작가들이 있다면 신입 PD여도 그 작가들을 그대로 배정받아 담당하게 된다. 그러나 편집부 부장 등 선임 직원들의 업무 과중 때문에 신입 PD로 충원된 상황이라면 스스로 작가를 발굴해야 하는 이슈가 생긴다. 신입이라고 언제까지 잡무만 맡을 수는 없는 법이고, 자신이 직접 작가와 작품을 확보해야만 사내에서 자리를 잡을 수 있다.

오랜 시간 일한 직원이든 신입 사원이든, 직급이 높든 낮든 웹소설 PD라면 작가 발굴에 열을 올리게 된다. 전임자가 담당하던 작가가 따로 없어서 넘겨받을 작가가 없는 신입 PD라면 더욱 열심히 작가 섭외에 도전해야 할 것이다.

자유 연재 플랫폼에서 작품 컨택하기

웹소설 PD는 우선 자유 연재 플랫폼에서 좋은 작품을 찾고, 그 작품을 쓴 작가에게 작품 계약을 제안해야 한다. 조회 수가 높아 일간 혹은 주간 베스트 순위 상위권에 진입한 작품을 컨택해야 한다는 건 두말하면 잔소리다. 작가 섭외도 당연히 중요하지만, 자유 연재 플랫폼에서는 조회 수가 높은 '그' 작품을 계약하는 일이 더욱 중요하다. 출판 플랫폼에 나온 작품은 이미 출간된 상품이니 타 업체가 건드릴 수 있는 영역이 아니다.

① 좋은 작품을 고르는 눈

조회 수가 높다고 무조건 좋은 작품이라고 장담할 수는 없다. 그러므로 편집자는 좋은 작품을 고르는 눈이 있어야 한다. 특히 무료 플랫폼의 독자는 유료 구매자보다 훨씬 낮은 기준과 기대치를 가지고 작품을 읽곤 한다. 자유 연재 플랫폼에서 조회 수가 높고 랭킹 상위권에 진입했던 작품이 실제로 출간됐을 때 매출이 기대 이하로 나오는 경우도 종종 있다.

현실적으로 문피아를 제외한 플랫폼, 즉 네이버 챌린지리그나 조아라의 경우 이곳에서 완결화까지 공개된 원고들은 출판사의 컨택이 없어서 계약하지 못했을 가능성이 크다. '계약 완료' 후에도 완결화까지 무료로 공개한다면 작가 개인의 특별한 이유가 있을 것이다. 플랫폼과 장르에 따라 어떤 사정이 있을 수는 있다.

챌린지리그에서 잘된 작품은 최소한 베스트리그에는 올라가고, 계약 완료 시 출간 준비를 해야 하니 무료 연재 분량을 내리게 된다. 그러나 계약되지 않고 챌린지리그에서 멈춰 있다면 그건 내용 문제가 있다고 봐야 한다. 업체들이 건드리지 않는 데에는 다 까닭이 있는 법이다.

참, 작가로서 '무료 독자와의 약속', '의리를 지키고자 완결화까지 공개한다'며 호기롭게 선언하고 출판사와의 계약을 미루거나 거절한다면 나중에 땅을 치고 후회한다. 컨택이 올 때 얼른 계약하길 바란다.

② 원하는 장르에 맞는 플랫폼에서 찾아야

이전 파트에서 플랫폼에 관하여 매우 자세히 풀어낸 까닭이 바로 이것이다. 만약 로맨스에 강한 출판사에서 일하는 편집자가 작가를 찾겠다며 문피아를 뒤지고 있다면, 시간 낭비를 하는 것이다. 반대로 남성향 작품을 컨택하고자 하는 사람이 북팔이나 디리토를 뒤적이고 있다면 이 역시 말이 안 된다.

문피아의 세부 장르에는 로맨스도 분명히 존재한다. 그러나 문피아는 최강의 남성향 플랫폼이다. 여성향 작가도 여성향 독자도 그곳에 존재하지 않는다. 문피아에 여성향 로맨스를 연재하는 지망생이 있다면, 그 행동 자체로 웹소설 시장의 여성향 로맨스가 뭔지 전혀 모른다는 뜻이다. 웹소설 PD로서 컨택할 레벨이 전혀 아닐 가능성이 200%다. 문피아는 웹소설 시장에서 영향력이 큰 플랫폼이지만 소속된 출판사에서 여성향 장르만 다룰 계획이라면 굳이 보지 않아도 된다.

③ 개인의 유료화는 조심

자유 연재 플랫폼 중에서 몇 군데는 글쓴이 개인이 자유롭게 유료 판매, 즉 유료화를 할 수 있는 기능이 탑재되어 있다. 눈앞의 작은 수익을 위해 유료화를 했다가 미래의 마케팅을 망쳐버리는 신인 작가도 꽤 있다. 자유 연재 플랫폼에서 유료화 기능을 활성화한 작품은 상황에 따라 카카오페이지, 네이버 시리즈, 리디 등 출판 플랫폼의 프로모션 기회를 못 받을 수 있다. 따라서 이런 작품은 컨택 전 현황 체크가 필수다. 여성향 작가는 출판사 계약 전 유료화를 하지 않는 것을 원칙으로 삼는 편이 낫다.

단, 문피아에서의 유료화는 특별히 용인되는 케이스다. 앞에서 설명했다시피 문피아의 유료화는 해당 작품의 상품화 성패를 가르는 척도다. 작품이 문피아에서 유료화에 성공했다면 차후 시리즈나 리디 등 다른 출판 플랫폼에서도 그에 맞는 프로모션을 지원받을 수 있다.

④ 소개 글을 주의 깊게 살펴야

시장을 어느 정도 아는 작가들은 자유 연재 시 소개 글에 계약 여부를 적어두곤 한다. 그러나 이를 적어두는 것을 몰라서 명시하지 않는 지망생들도 분명히 있다. 괜찮은 작품일 경우 PD는 일단 컨택을 해보는 것이 좋다. 좋은 작가라면 그 작품이 아니어도 차기작을 노릴 수 있다. 특히 소개 글에 이메일 주소를 적어두는 것은 확실하게 출판사와의 계약을 고려한다는 뜻이다.

⑤ 가능성 있는 신인을 발굴해야

여성향 장르에서는 규모가 큰 업체에서 한두 작품 출간해본 신인 작가들이 대우와 관리에 실망하기도 한다. 출판사는 대형 작가에게 더 힘을 싣거나 신경 쓸 수밖에 없고, 신인 작가는 상대적으로 서운할 수 있다. 또한 출판사의 영업력이 프로모션에 영향을 주기 힘든 시장으로 변모했기에 조금 작은 곳에서 더 괜찮은 대우와 관리를 받으면서 성장하는 게 좋다고 생각하는 작가들도 여성향에 꽤 있다.

반면 남성향 장르 쪽에선 작가 지망생들도 출판사의 '티어tier'를 따진다. '티어'란, 특정 분야에서의 수준, 등급을 의미하며 웹소설 시장에서는 이른바 출판사의 브랜드 가치 및 회사 규모를 말한다. 아무리 유명한 출판사여도 남성향 장르에서 인지도가 약하다면 작가들이 거들떠보지 않는 경향이 있다. 이 현상은 여성향에도 존재하지만, 남성향 쪽이 훨씬 더 심하다. 문피아에서 1위를 찍은 대어급 신인이든, 상위권은커녕 그냥 입으로만 작가 지망생인 경우든 모두가 '톱 티어'만 바라보는 느낌이 없지 않다.

실제로 경력이 없는 신인이어도 문피아에서 1위를 찍고 나면 업체들의 컨택이 쏟아지고, 선인세 경쟁이 붙는다. 이에 따라 신인도 선인세로 출판사들의 경중을 가늠하며 견주어볼 수 있다.

그러므로 신생 출판사 혹은 새로 꾸려진 웹소설 팀이 남성향 장르 작가를 포섭하고 작품을 계약하는 일은 현실적으로 매우 힘들다. 대다수 신생 웹소설 출판사들이 여성향 작품으로 사업을 시작하는 데에는 이 영향도 분명히 있을 것이다.

⑥ 회사 규모에 맞게 차근차근

좋은 작품을 고를 줄 안다고 해서 계약이 무조건 이루어지지는 않는다. 편집자의 영업 능력뿐만 아니라 회사의 규모 및 인지도, 계약금 예산 등 갖가지 포괄적인 요소의 조합으로 계약이 성사되는 것이다. 담당자의 언변이 아무리 좋아도 다른 조건이 채워지지 않는다면 특히 기성 작가와의 계약을 따내기 어렵다.

편집부의 모든 인원이 SSS급 작가만 담당하는 상황은 극히 드물뿐더러 이미 그렇게 좋은 작가를 넉넉히 데리고 있는 곳이라면 작가 수급을 걱정하지 않아도 될 것이다. 그러나 현실은 늘 그렇듯이 삭막하다. 신생 업체 PD라면, 또한 편집자로서 신념이 굳건한 PD라면 신인 작가를 키워 대형 작가로 만들 생각을 해야 한다.

근래 여성향, 남성향 가릴 것 없이 신인 작가들이 신생 출판사를 피하려는 분위기인 것은 사실이다. 그러나 웹소설 시장이 커지면서 작가 지망생이 늘었고 대형 업체에서 받아주지 않은 원고는 결국 그 아래 등급의 업체들로 내려오게 된다.

작가 입장에서는 간절히 원하던 곳이 아닌 신생 업체에서 출간해야 하는 상황이 탐탁지 않을 수도 있다. 그러나 '다른 작품으로 뜬 다음 이 작품을 더 좋은 곳에서 내겠다'는 목표는 허황된 꿈이니 접자. 해당 작품은 시간이 지나면 올드해 보여서 출간 자체가 불가능해질 수도 있다. 그러니 원고를 컴퓨터 폴더에 넣어두기보다는 어떤 식으로든 시장에 내보내는 게 옳은 선택이다.

부단한 노력으로 신인 작가를 발굴하고 작품이 뜨는 과정에서 회사는 작가와 함께 성장하게 된다. 그뿐만 아니라 작가를 발굴한 PD 역시 몸값이 올라갈 것이다. 개인의 커리어를 위해서라도 자유 연재 플랫폼에서 신인 작가를 발굴하는 일은 PD에게 매우 중요한 업무다.

⑦ 상위권이 아닌데 좋은 작품은 어떨까?

PD로서 자유 연재 플랫폼을 뒤적이다 보면 상위권까지 올라가진 못했지만 재미있어 보이는 작품을 만나게 된다. 이렇게 기대하지도 않았는데 컨택을 받는 중하위권 작가도 종종 있다. 이런 경우 PD 자신의 취향이 주류에서 살짝 벗어나 있거나 대중적이지 않을 가능성도 존재한다. 하지만 플랫폼의 인기 순위라는 것은 약간의 꼼수(업로드 시각과 연재 주기 등)도 작용한 결과이기에 객관적으로 괜찮다는 판단이 들면 컨택하여 계약하는 것도 괜찮다. 다만, 스토리가 정말 재미있고 글도 잘 쓰인 작품이어야 한다. '문장은 별로인데(글은 못 쓰는데) 소재가 재미있어 보인다'는 정도로 계약을 시도한다면 고생문을 스스로 여는 꼴이다.

작가라면 현실적으로 생각하라. 자유 연재 플랫폼에서 대략 30위권 안에 들어가지 못한다면 자신이 원하는 출판사에서 컨택이 오는 경우는 드물다. 이럴 땐 컨택을 받더라도 원하는 업체가 아니니 계약하지 않고 다들 투고 메일을 돌리곤 한다. 그러나 작가가 원하는 그 출판사는 하위권 작품을 받아줄 리 없고, 그렇게 줄줄이 거절 메일을 받게 된다. 과도한 '내글구려병'에 걸리는 건 조심해야겠지만, 내 작품의 수준을 객관적으로 판단할 필요도 있다.

⊗ ⊖ ⊙ **15금 자유 연재 플랫폼에서 컨택 금지! 업로드도 금지!**

① 미성년자와 성인의 러브 스토리

② 유사 근친(근친으로 착각할 만한 상황이거나, 법적으로는 엮였어도 피는 안 섞인 설정)이 아닌 진짜 근친 설정

③ 성매매 관련 업장이 주요 공간으로 나오거나, 주인공이 해당 업소에서 계속 일하는 내용

④ 강간, 윤간, 시간屍姦, 수간獸姦, AV 등 사회적으로 지탄받을 만한 범죄나 그에 준하는 행위가 상세히 묘사되거나, 주인공이 해당 범죄를 저지르는 내용

웹소설 시장에는 19금 시장이 분명히 존재하고, 명확하게 19금을 노리고 쓴 작품들은 유통할 방법이 따로 있다(물론 앞에서 언급한 소재는 장르에 따라 19금에서도 문제될 가능성이 없지 않다). 문제는 어정쩡한 수위 묘사로 15금 자유 연재 플랫폼에 올라온 작품이다. 이런 원고는 19금의 니즈가 충족되지 않으면서도 애매하게 도덕적 수위에 걸리게 되어 차후 엄청난 수정을 해야 하거나, 수정하더라도 설정만으로 플랫폼 검수에서 걸려 유통 불가 처리되는 일이 생긴다. 15금 연재 플랫폼에서 15금에 맞지 않는 작품은 처음부터 안 건드리는 게 상책이다.

기성 작가에게 신작 계약 제안하기

업계에서 일하는 모든 PD가 유통 플랫폼 상위권에 진입한 작품을 보유한 작가와 계약하려고 노력한다. 현실적으로 신인 작가의 작품들만으로 작가 라인업을 만들기보다는 이미 성과를 낸 기성 작가들과 계약하는 것이 보다 쉽게 업계에서 자리 잡을 수 있는 방법이다.

① 컨택 루트 찾아 메일 발송

기성 작가와 계약하려면 우선 그들에게 연락을 취해야 할 것이다. 웬만한 작가들의 비즈니스 메일은 그들의 소셜 미디어나 단행본 파일의 판권 등에서 확인할 수 있다. 현재 네이버 시리즈와 카카오페이지는 작가 소개란이 따로 없지만, 리디에서는 작가 소개 글을 따로 볼 수 있다. 이렇게 작가들의 이메일 주소를 확보했다면 컨택 메일을 보내면 된다.

요즘에는 작가들이 소셜 미디어 활동을 열심히 한다. 특히 여성향 작가들이 홍보 차원에서 엑스ₓ(구 트위터)와 네이버 블로그를 운영한다. BL과 로판 쪽은 무조건 엑스를 한다고 생각해도 무방하다. 과거에는 현로 작가들이 블로그 위주로 소통했으나 근래 엑스로 많이들 넘어가는 추세다.

판권에 소셜 미디어 주소만 공개하는 작가도 상당수다. 보통 소셜 미디어의 프로필에 비즈니스 메일 주소가 적혀 있다. 혹여 메일 주소가 안 보인다면 DM을 보내면 된다. 메시지로 제안할 내용을 줄줄 적지 말고 비즈니스 메일 주소를 요청한 후 공식적으로 컨택 메일을 보내는 것이 좋다.

기성 작가는 시장 상황을 잘 아는 편이므로 회사 소개나 영업 멘트에 보다 신중을 기해야 한다. 만약 신입 직원이라면 컨택 메일 보내는 법을 상사에게 배우면 좋다. 메일을 보내기 전, 내용을 확인받는 것도 잊지 말자. 기초적인 이메일 에티켓을 잘 모른다면 취직 전 미리 공부해둘 필요도 있다. 이메일도 제대로 못 쓰는 사람의 컨택이 기성 작가에게 통할 리가 있겠는가? 작가도 담당 PD의 글을 평가한다는 사실과 함께 자신이 소속 회사의 얼굴임을 명심해야 한다.

참, 작가에게 컨택할 길이 없다고 타사에 연락해 작가 연락처를 알려달라는 소리를 하면 안 된다. 실제로 모 업체의 대표가 흑역사를 남긴 전례가 있다.

② 작가에게 어필하려면

기성 작가는 이미 경력으로 작품의 퀄리티가 보장된다. 그러니 이 방법은 신작을 따로 살펴보지 않아도 되는 컨택 방식이다. 하지만 해당 작가의 이전 작품을 전혀 읽어보지 않았고, 아는 정보가 하나도 없다면 컨택 메일을 보내도 통하지 않을 것이다. 작가가 자유 연재 플랫폼에서 연재하는 중이라면 이에 관해 언급하는 것이 상대에 대해 자세히 알아보았음을 어필하는 방법이다.

또한 선인세 등의 계약금에 관해서도 충분히 지급할 의사가 있음을 반드시 명시한다. 단, 첫 번째 메일에서 금액을 구체적으로 알릴 필요는 없다. 답장이 온다면 그때부터 협의를 시작해도 된다. 이전 업체에서 얼마를 받았는지 알아야 회사 내부의 예산 규모를 감안하여 작가와 조율을 할 수 있을 것이다. 패를 미리 까지 말자. 심지어 그 패가 너무 초라하다면 업신여김을 당할 수도 있다.

③ 당장의 원고가 아닌 '신작' 계약을 목표로

PD가 아무리 열심히 읍소해도 기성 작가와의 계약은 쉽지 않다. 북마녀 역시 각고의 노력을 했지만 작가가 원하는 선인세 금액을 당시 몸담았던 회사에서 수락해주지 않아서 결국 계약에 실패한 경우가 자주 있었다(그리고 그때 놓친 작품 모두 밀리언셀러 클럽에 들어갔다는 쓸쓸한 결말……). 모든 조건이 합의된 후 대표까지 나서서 밥도 사 먹였는데 성사되기 직전에 그저 더 큰 회사와 계약하고 싶다는 이유로 구두 계약을 무르는 경우도 존재한다. 계약 한 건 한 건이 그리 쉬운 일이 아니다.

웹소설 시장에서 성과를 낸 작가들 대부분이 계약을 미리미리 해두는 편이다. 여성향 작가 중에는 3~5종의 작품 계약을 미리 해두는 경우도 부지기수다. 그러니 기성 작가들에게 계약을 제안할 때 지금 당장 쓰고 있는 원고를 계약하려고 하면 무조건 실패다. 기성 작가가 지금 쓰고 있는 원고는 대부분 타사와 합의가 끝난 기계약작이다. 그걸 빼앗아 오는 건 무리다. 차기작 혹은 차차기작 계약을 목적으로 해야 한다. 그야말로 계약을 하고 기다리는 것이다. 기다리는 입장에서는 답답하겠지만 회사가 그사이 망하지 않고 잘 버티고 있기만 한다면 차례는 반드시 돌아온다.

웹소설 PD의 실무 A to Z ②: 투고와 계약 진행

투고 메일과 원고 관리

웹소설 출판사는 작가를 직접 컨택하지 않더라도 다른 방도로 작품을 확보할 수 있다. 바로 '투고'라는 편리한 방식이다. 작가가 해당 출판사 와의 계약을 원하여 원고 파일을 보내오는 경우, 이를 검토 및 선별하 여 출판 계약을 하는 것이다.

앞서 살펴보았던 적극적인 작가 컨택과는 반대로, 작가가 출판사에 원고를 보내는 방식에서는 작가와 출판사의 관계가 전복된다. 무료 연 재를 하지 않더라도 컨택 메일을 자주 받는 기성 작가는 투고할 필요 성을 느끼지 못할 것이다. 무료 연재 플랫폼에서 베스트 순위에 올라 여러 업체가 경쟁적으로 달라붙었고, 그중 자신이 원하는 곳이 있다면 신인이어도 굳이 투고를 하지 않을 것이다. 현실적으로 투고는 컨택을 받지 못한 이들이 하는 행위다.

A급 작가인데 지금까지 함께 일한 업체가 마음에 들지 않아 다른 곳에 연락하는 경우도 간혹 있기는 하다. 이런 경우는 출간작과 필명 자체가 해당 작가의 경력이자 명함이기 때문에 원고를 따로 보내진 않는다. 그래서 '투고'에 해당하지는 않는다.

현재 웹소설 시장에서 작가와 지망생이 '투합'이라는 용어를 사용한다. 투합이란, '투고 합격'의 줄임말이다. 그러나 '합격'이라는 말은 여기에 어울리지 않는다. 투고는 '시험'이 아니고, 출판사는 작가에게 합격, 불합격을 논하는 입장이 아니다. 계약하여 함께 일하게 된다면 협업 관계가 될 뿐이다. 출판사가 원고를 보고 계약 의사를 전해 온다면 출판사 측의 상품화 기준을 넘었다는 뜻이므로 합격보다는 통과가 그 의미에 더 부합하지 않을까 싶다.

대부분의 웹소설 출판사는 네이버 블로그나 엑스에서 공식 계정을 운영한다. 그렇지 않더라도 단행본 전자책 파일의 판권에 출판사 공식 메일을 기재해둔다. 출판사 공식 메일은 특별한 일이 없는 한 투고를 받는 용도로 쓰이게 된다.

종이책 시장에서는 규모에 따라 모든 직원의 외부 소통 창구로 공식 메일 하나만 쓰는 출판사도 없지 않으나, 웹소설 시장에서는 담당 PD과 작가가 서로 주고받는 메일의 양이 어마어마하므로 메일의 분리를 권장한다. 1인 출판사가 아닌 이상 여러 메일이 섞이면 혼란을 야기할 가능성이 다분하다. 한마디로 투고 받는 공식 메일과 담당자로서 개별 작가와 소통하는 업무 메일을 분리하라는 뜻이다.

① 투고 담당

투고된 원고의 관리는 편집부 소속 PD들이 나눠서 하거나 업무 분장에 따라 막내 PD들이 담당한다. 편집부의 모든 PD가 투고 원고를 한꺼번에 그리고 동시에 확인하는 것은 업무적으로 인력 낭비다. 또한 수년 차 경력을 보유한 PD들은 대체로 관리하는 작가가 많을 테니 그 인원을 관리하고 편집하는 일만으로도 벅찰 것이다. 편집장은 말할 것도 없이 회사 내 중간 관리자 역할도 해야 하니 시간이 더 부족하다. 신입에 준하는 막내 PD들이 투고 원고를 체크한 후 괜찮아 보이는 작품을 골라내는 것이 현실적인 방법이다.

경력 작가의 투고가 아니라는 전제로, 투고 담당 직원 선에서 1차 통과된 작품들은 팀장급 상사들의 퀄리티 재확인 단계를 거친 후 담당자 배정 및 계약 수순으로 넘어가게 된다. 투고 단계에서는 경력 작가가 자신의 이력을 숨기는 경우가 극히 드물다. 특히 잘 팔리는 작품을 보유한 작가라면 그 이력을 기반으로 자신에게 유리한 계약을 하려 할 테니 웬만하면 자신의 기존 필명과 작품 이력을 공개한다.

근 2~3년 내 출간 이력이 있는 작가가 투고를 하는 이유는 이전 작품(들)을 계약했던 회사가 여러 가지로 마음에 들지 않기 때문이다.

작가는 새로운 회사와 함께 일해보고자 하는 의지가 있는 것이고, 이전 업체에 이 상황을 알리지 않는다. 이럴 땐 이전 회사보다 더 좋은 조건을 제시하거나 비슷하게라도 지원 수준을 맞춰주어야 그 작가와의 계약이 수월해진다. 스스로 투고했다고 해서 무조건 계약하진 않는다. 이는 기성 작가든 신인 작가든 마찬가지다.

반대로, 출판사 입장에서는 해당 작가의 출간작 성적이 괜찮다면 계약 의사를 타진하고, 그렇지 않다면 신중하게 접근해야 한다. 기성 작가라 해도 성적이 변변치 않다면 신작 원고를 받아 검토한다.

② 투고 공지

출간 작품이 많고 매출 높은 작품을 다수 보유한 중견 이상의 업체들이 투고 메일을 잔뜩 받는다. 작가들 사이에서 인기 높은 출판사는 메일 관리가 힘겨울 정도라 투고 기간을 따로 정해두기도 한다. 365일 열어두는 게 아니라 2~4주 동안만 투고 메일을 받는다. 원하는 장르를 특정해 투고를 받겠다고 공지하는 업체도 있다. 이 기간을 오매불망 기다리는 지망생이 적지 않다.

반대로 신생 출판사는 투고를 거의 받지 못한다. 신인 작가든 기성 작가든 알려지지 않은 업체에 자기 원고를 보낼 리가 없다. 실력 있는 작가의 투고를 원활히 받으려면 출간작을 어느 정도 확보하는 일이 우선이다.

물론 신생 업체라 투고가 들어오지 않더라도 투고 관련 공지는 무조건 해두는 편이 좋다. 언제 투고가 들어올지 모를 일이다. 신생 출판사가 컨택만으로 계약을 성사시켜 유통 작품 수를 늘리는 건 한계가 있다.

웹소설 시장에서 통용되는 투고 분량은 약 10만 자(약 20~22화 분량)이다. 업체에 따라 시놉시스 양식이나 원고 양식 문서를 만들어 첨부해두는 경우도 있다. 출판사로서 원활하게 투고 받기를 원한다면 한글(hwp)과 MS 워드(word) 파일을 모두 첨부해둘 것을 권한다.

⊗ ⊖ ⊙　　　　　　　　　　어떤 문서 프로그램을 써야 할까?

작가 지망생 대상으로 웹소설 강의를 할 땐 '출판사에서는 보통 한컴오피스 한글을 사용하므로 웬만하면 한글 문서를 쓰고 볼 수 있도록 해당 프로그램을 설치하라'고 조언하곤 한다. 요즘 스크리브너로 원고를 쓰는 작가들이 많은데 스크리브너는 윈도와 친한 프로그램이 아니라 파일 변환 시 오류가 생기는 일이 잦다. 아직까지는 워드보다는 한글을 추천하고, 파일 변환 시 최종 파일이 멀쩡한지 반드시 확인한다.

출판사를 운영한다면 되도록 한글과 MS 워드 프로그램을 모두 쓸 수 있도록 사내 프로그램을 지원해야 한다. MS 워드로 집필하는 작가도 많고 플랫폼 측에서 MS 오피스 계열 프로그램만 쓰는 경우도 상당수다. 원고는 한글 문서라도 대외 업무로 워드를 쓸 일이 반드시 생긴다. 출판사 측에서 업무용 컴퓨터에 스크리브너를 깔 필요는 없다. 어차피 최종 원고 파일은 '문서'여야 하니까.

---

③ 원고 검토

투고 원고 중 좋은 작품을 고르기 위해서는 우선 분량이 충분한지부터 확인해야 한다. 경력이 전혀 없는 신인 작가의 원고가 들어왔는데 앞부분만 보고 마음에 든다고 덜컥 계약을 진행해서는 곤란하다. 10화까지 기똥차게 잘 쓰는 지망생은 세상에 차고 넘친다.

앞부분 원고가 아주 좋아서 계약했는데 뒷부분이 엉망으로 흘러가거나, 원고 자체를 쓰지 못하고 한참 시간이 지난 후 담당 PD의 기력과 시간을 뺏은 다음에야 계약 파기 의사를 표하는 일이 다반사다. 아예 연락이 두절되면서 잠적하는 바람에 PD가 그냥 포기하는 경우도 없지 않다. 이런 문제로 피로도가 높아지면서 신인을 키우지 않는 방향으로 내부 정책을 정한 업체도 있다(왜 유독 신인들에게만 '아쉽지만 우리와 함께 할 수 없다'는 메일이 오는 걸까? 공식적으로는 투고 메일을 계속 열어놓으면서 기계적으로 회신하는 것은 아닌지 심증만 무럭무럭 생기는 상황).

와중에 파일 유출이나 표절에 대한 불안감으로 일부만 보내는 지망생도 있다. 그러므로 PD는 반드시 뒤쪽 분량까지 있는지 재차 확인해야 한다. 신인의 원고는 반드시 뒷부분까지 검토한 다음 계약 의사를 밝히는 게 비교적 안전하다.

이렇게 출판사 입장을 확인했으니 투고하는 신인 작가 입장에선 어떻게 해야 투고 단계를 통과할 수 있는지 알아보자. 자신이 '끝까지 스토리를 끌고 가 완결까지 낼 수 있는 성실한 작가'임을 증명하면 된다. 그 회사가 정한 투고 분량이 10만 자라고 10만 자를 잘라서 보내지 말자. 10만 자를 초과했다면 쓴 데까지, 완결했다면 전체 분량을 투고하자. 내 원고를 훔칠까 봐 무섭다고? 출판사 직원 누구도 신인의 원고를 어떻게 해볼 생각을 하지 않는다. 너무 바쁘기도 하거니와 실무적으로도 그런 위험한 짓을 감행할 가치가 없다. 이는 분야 불문 지망생들의 과한 망상이다.

출판 계약 관리

이제는 본격 계약 업무에 돌입할 타이밍이다. 마침내 작가가 계약하고 싶다는 의사를 표한다면 작가와 출판 계약서를 주고받게 된다. 우선 PD는 회사에서 정한 서식 파일에 해당 작가의 이름과 작품명 등을 기입한 가계약서를 메일로 보낸다. 작가가 계약서 조항을 모두 확인하는 절차를 마친 다음, 서로 최종 날인하여 계약 작업을 끝낸다. 이때 회사에 따라 A4용지로 인쇄한 실물 계약서를 주고받거나 전자 계약 전문 사이트를 통한 전자 계약을 진행한다. 실물 계약서를 주고받는다면 우편 접수 업무까지가 PD의 역할이다.

물론 작가와 미팅을 잡아 오프라인에서 직접 만나 도장을 찍는 상황도 다반사로 일어난다. 회사 입장에서는 아무래도 경력 작가를 우대함과 동시에 신뢰를 쌓아 결속을 단단히 하려는 경향이 있다. 그래서 접대 차원에서라도 대면 미팅을 추구하게 된다. 그러나 회사는 서울인데 작가가 거제도에 산다면? 제주도에 산다면? 그래도 간다. 산 넘고

물 건너 작가를 찾아가는 것도 PD의 업무이자, 즐거움이다. 한 작가와의 계약이 1회가 아니라 재차 진행된다면 출판사와 작가가 서로 신뢰하고 업무 진행과 성과가 마음에 든다는 뜻일 것이다. 축하 파티를 위해서라도 만나야 작가와 PD 모두 행복해진다.

① 무조건 서면 계약

웹소설을 출간하려면 PD는 우선 작가와 출판 계약을 서면으로 맺어야 한다. 실제로 서면 계약 없이 이메일이나 메시지를 주고받는 정도로 진행하다가 작가가 타사의 유혹에 넘어가 구두로 약속한 것들을 취소하는 경우가 왕왕 있다. 사실 이렇게 남아 있는 증거도 법적 효력이 있고, 출판사에서 법적 조치를 취할 수 있긴 하다. 하지만 그렇게 마음이 떠난 사람을 물리적으로 붙잡아봤자 서로 불편하고 마음에 앙금만 잔뜩 남을 뿐이다. 그러므로 웹소설 시장에서도 서면 계약은 필수이며, 최대한 빨리 계약을 마쳐야 한다. 계약이 확실히 완료되기 전까지는 원고 관련 본격적인 업무 및 작품 관련 소통을 하지 말아야 시간 낭비를 방지할 수 있다.

정식으로 작가와 출판사 간 계약을 하게 되면 도장을 찍는다. 동일한 계약서 2부를 서로 붙여놓고 도장이 양쪽 문서에 반씩 걸쳐 찍히도록 날인한다. 계인은 계약 당사자들이 나눠 가지는 문서 2부가 서로 동일하다는 것을 증명하는 작업이다. 계약서가 여러 쪽일 경우 앞장의 일부를 접어 올려 앞장과 뒷장에 걸치도록 도장을 찍는다. 간인 역시 각 장이 서로 이어지는 묶음이라는 것을 증명하는 작업이다. 계인과 간인이 필수는 아니며, 전통적인 방식으로 계약 업무를 수행하는 곳들이 주로 한다.

친필 사인이 도장을 대체할 수 있으며 마찬가지로 진행하면 된다. 단, 사인으로 간인을 하다가 계약서가 찢어지는 등 훼손되는 일이 가끔 있으므로 주의해야 한다. 작가라면 도장 사용을 추천한다. PD라면 계약 미팅 시 작은 인주나 스탬프, 펜을 휴대하는 센스가 필요하다.

최근에는 업무 간소화와 빠른 진행을 위해 전자 계약을 하는 업체가 늘어났고, 이쪽으로 쏠리는 추세다. 전자 계약에서는 계인이나 간인이 불가능하니 생략한다. 전자 계약 사이트를 쓰지 않더라도 계약서 파일 내부에 도장이나 사인 이미지 파일(png나 jpg)을 붙이는 방식도 가능하다. 도장 파일은 한번 만들어두면 여러모로 유용하게 쓸 수 있다.

출판 계약은 담당자 개인의 일이 아니라 회사 차원의 업무다. 담당자는 회사를 대신하여 계약에 임하는 것이므로 담당자의 개인 도장은 필요하지 않다. 출판사를 대표하는 공식 도장(보통 대표 이름이 적힌 도장)을 찍고 나면 비로소 출판 계약이 마무리된다. 계약 미팅 시 계약서에 미리 출판사 도장을 찍어서 가져가야 차후 우편 업무가 줄어든다.

② 계약서의 주요 조항

출판 계약서의 문장은 상당히 어려운 단어들로 구성되어 있다. 이는 문화체육관광부의 표준계약서든 업체들이 별도로 만든 계약서든 마찬가지다. 계약서를 열면 이 문서를 처음 접하는 일반인에게는 너무나 낯설고 의미를 유추하기 힘든 단어들이 쏟아진다.

작가가 조항에 관해 물어볼 경우 PD는 이를 쉽게 설명해줄 의무가 있다. 그에 앞서, PD는 회사에서 사용하는 계약서의 내용을 완벽히 숙지하고 무슨 뜻인지 이해하고 있어야 한다.

출판 계약 경험이 전혀 없는 작가 지망생들은 이 문서를 처음 접하는 것이기에 혹시 이 업체가 나한테 사기를 치지는 않을까 하고 큰 두려움을 느끼기도 한다. 때로는 무시무시한 뜻으로 받아들이기도 한다. 종종 특정 조항을 빼달라고 요구하는 이들도 있다.

최근 신인들 사이에서 언급되는 '독소 조항' 중에는 계약서에 당연히 들어갈 수밖에 없는 조항들도 있다. 뺄 수 있는 조항은 빼줘도 되지만, 절대로 빼선 안 되는 조항도 존재한다. 이는 회사마다 정책이 다르므로 원칙을 정해두거나, 반드시 윗사람에게 확인을 받고 진행하자.

참고로, 웹소설 시장에는 나이가 어리거나 사회생활을 많이 해보지 않은 작가들이 상당수다. 이 책을 읽는 독자 중에도 이런 케이스가 있을 것이다. 사실 일반인이 생활 속에서 계약서를 접할 일이 얼마나 있겠는가. 요즘처럼 개인 정보를 도용한 사기가 벌어지는 시대에 막연한 공포감과 경계심은 당연한 것이다.

공식적인 출판 계약에서는 작가의 본명과 주민 등록 번호, 거주지 주소, 그리고 계좌 번호가 필수 항목이다. 내가 쓴 작품이 판매되어 저작권료를 받게 되면 그 수입은 국가에 신고해야 한다. 또한 소득 신고는 업체의 몫이다. 이때 앞에서 언급한 정보가 반드시 필요하다.

'왜 개인 정보를 달라고 하느냐, 왜 주민 등록 번호를 써야 하느냐'며 의심하는 사례가 실제로 존재한다. 특히 사회생활을 해보지 않았거나 자기 이름으로 돈을 처음 벌어보는 경우 이런 질문을 할 수 있다. 작가가 모른다면 PD가 이를 잘 설명해주어야 한다.

③ 수익 배분과 계약금(선인세)

웹소설 시장에서 수익 배분 비율은 작가마다 달리 책정된다. 수년 전까지만 해도 6(작가) : 4(출판사)가 존재했지만 현재는 사라졌다고 봐야 한다. 아무리 생신인이고 단편이어도 최소 7 : 3에서 시작한다. 로맨스 판타지 등 장편이 기본인 장르에서는 많은 기성 작가가 8 : 2로 계약하고 있다.

종이책 시장만 경험해본 사람들은 이 비율에 입이 떡 벌어질 수도 있다. 웹소설은 종잇값, 인쇄비, 제본비, 물류 창고 대관비 등이 아예 들지 않고 오직 인건비만 들어가는 상품이기에 가능한 비율이다. 웹소설 시장에서 제대로 자리 잡고 싶다면 이 비율에 적응해야 한다. S급 작가를 잡기 위해 9 : 1을 제안하는 업체도 있다.

계약금은 신인보다는 기성 작가를 잡기 위한 지원 제도이며, 이를 선인세라고 부른다. 계약서에서는 '선급금'이란 용어로 대신하는 경우도 있다. 장편 연재 위주의 장르에서는 기성 작가를 중심으로 수천만 원이 오가기도 하는데, 단행본 위주의 장르에서는 수백만 원 정도로 진행된다. 한때 업체들의 경쟁이 치열해지고 웹소설 시장이 급성장하면서 선인세 금액이 전반적으로 오름세를 보였으나, 이후 웹소설 시장의 성장이 둔화하고 출혈 경쟁이 심해지면서 선인세가 낮아지는 분위기다.

신인에게는 선인세를 지급하지 않는 정책을 원칙으로 삼는 회사가 대다수다. 하지만 신인의 작품이어도 그 시기에 엄청난 조회 수로 인기를 얻어 여러 업체가 욕심을 내고 있다면 예외가 될 수 있다. 조아라와 문피아에서 화제를 일으켰던 여러 신인이 첫 작품부터 큰돈을 받았다. 또한 장르나 업체에 따라 장편 작품을 통으로 보지 않고 권당 선인세로 계산하여 계약금을 지급하기도 한다.

투고로 들어온 원고는 선인세 지급이 일반적이지 않지만, 그렇다고 원고를 투고한 신인과 계약할 때 선인세를 지급하는 경우가 아예 없는 것은 아니다. 실제로 북마녀 웹소설 강의의 제자였던 분들이 투고를 통해 상위 업체와 선인세 계약에 성공한 사례가 다수 있다.

기성 작가를 컨택했다면 먼저 금액을 공개하지 말고 '이전 업체에서 얼마를 받았는지'를 알아내는 편이 낫다. 최소한 동일한 금액을 지급할 수 있어야 계약 성사 확률이 높아진다. 물론 그 업체보다 한 장 더 주겠다고 해야 계약이 쉽게 성사될 수 있다.

최근에는 플랫폼과의 유통 계약을 통해 MG(미니멈 개런티)를 받는 일이 당연해지면서 MG를 받자마자 바로 작가에게 지급하기도 한다. 이제는 이를 아예 계약서에 명시해둔 업체도 적지 않다.

④ 출판 계약 VS 매니지먼트(에이전트) 계약

출판 계약은 한마디로 저작권자가 해당 작품의 출판권을 출판사에 계약 기간 동안 빌려주는 계약이다. 보통 계약서 하나당 한 작품이기 때문에 작가는 A작품과 B작품을 각각 다른 회사와 계약할 수 있다.

작가의 모든 작품을 하나의 업체가 유통하는 방식의 매니지먼트 계약은 웹소설 시장에서도 그리 흔하지 않지만, 극소수는 또 아니다. 꽤 많은 업체가 매니지먼트를 자처한다. 참고로, 여성향 작가들은 출판사를 그냥 '출판사'라고 부르지만(빨리 쓰기 위해 '출'로 줄이는 경우는 있다) 남성향 작가들은 출판사를 '매니지'라고 부르는 경우가 상당수다. 매니지먼트 계약을 하지 않은 경우에도 말이다.

이 현상만 보면 마치 남성향 쪽은 매니지먼트 계약을 하고, 여성향 쪽은 단순한 출판 계약을 하는 것 같지만 전혀 그렇지 않다. 간혹 2, 3종을 묶어 한 회사와 출판 계약을 하는 상황이 존재하지만, 그렇게 묶어서 계약했다고 해서 매니지먼트의 권리가 발효되는 것은 결코 아니다. 한마디로 어느 작가가 한곳에서 계속 책을 출간한다고 그 출판사 소속이라고 속단해서는 안 된다.

매니지먼트는 사실상 에이전시와 동일하다고 정의할 수 있으나 현재 에이전시 역할을 하는 출판사는 거의 없다. 정말 에이전시, 즉 매니지먼트로서 계약한다면 그 작가는 해당 업체의 소속이어야 한다. 그 말인즉슨, 그 작가가 다른 업체와는 출판 계약을 할 수 없다는 뜻이다.

출판 계약은 해당 작품에 대한 계약일 뿐, 그 계약서가 있다고 해서 작가의 다른 작품 집필이나 타사와의 계약을 막을 권리는 없다. 그래서 출판사는 매출이 잘 나오는 작가를 계속 묶어놓기 위해 연속으로 계약하고 싶어 하고 정말 '매니지먼트'로서 계약하고 싶어 한다. 하지만 자유의 몸인 저작권자가 그렇게 한 곳에 매이게 될 계약을 함부로 하지는 않을 것이다. 심지어 필명 A로 에이전트 계약을 했어도 필명 B로는 다른 출판사와 계약하는 것이 가능하다.

진정한 매니지먼트 계약이 웹소설 시장에 없지는 않으나 그렇게 된다면 업체와 작가 사이에 중요한 합의가 이루어져야 한다. 이런 상황에서는 보통 금전적인 거래가 크게 오가게 된다.

한 작품에 대한 출판 계약만 했다면, 이번에 론칭한 작품이 잘됐다고 해서 해당 작가가 우리 회사의 작가라고 생각할 수는 없다. 이번 작품이 잘되는 순간 셀 수 없이 많은 경쟁 업체가 해당 작가에게 컨택을 시도할 것이다. 그러므로 PD는 작가의 차기작 계약 여부에도 신경을 써야 한다. 함께 진행한 첫 번째 작품이 잘됐을 땐 보통 선인세나 인세 비율 등 계약 조건을 조금이라도 더 올려주어야 마땅하다.

작가라면 차기작 계약을 신중하게 결정해야 한다. 처음부터 여러 작품을 한꺼번에 한곳과 계약하지 말자. 이 회사가 잘 진행하는지 담당자가 자신과 합이 잘 맞는지 살핀 후 선택해도 늦지 않다.

담당자 배정

대체로 작가를 컨택한 직원이 담당자가 되기 때문에 계약과 담당자 배정이 거의 동시에 진행된다고 봐야 한다. 물론 회사 정책에 따라 담당자가 달라지는 경우도 있다. 대표가 영업을 열심히 뛴다면 대표가 직접 실무를 할 수 없으므로 실무 담당자를 배정하게 된다.

필명을 바꿔 자유 연재를 하는 기성 작가들도 은근히 많다. 지메일 등 새로운 계정의 메일 주소를 기재해두고 완전히 다른 작가인 양 행동하는 모습도 흔히 볼 수 있다. 신인 작가라 생각하고 컨택 메일을 보냈는데 알고 보니 유명한 작가인 식이다. 이전에 계약한 출판사가 아닌 다른 곳과 계약하고 싶어서 이렇게 하는 것이기 때문에 컨택하는 출판사 입장에선 오히려 더 좋은 결과라 할 수 있겠다.

투고로 들어왔더라도 기성 작가라면 직급과 경력이 낮은 막내보다는 팀장급이 맡아 진행하는 편이 낫다. 기성 작가들은 자신을 막내급이 담당하는 상황 자체에 거부감을 느낀다. 현실적으로 경력이 부족한 신입 PD가 오랜 경력의 기성 작가를 담당하면 컨트롤이 전혀 되지 않는다. 결국 분란이 일어나는 바람에 PD가 퇴사하거나 작가가 불쾌감까지 표시하며 항의하는 경우가 다반사다.

만약 신입 PD가 회사에 들어가자마자 담당 작가가 배정된다면, 전임자가 존재했고 그 전임자가 퇴사 전 계약해둔 작가들의 작품이 남아 있는 경우다. 출판 계약은 PD 개인이 아닌 회사가 계약의 주체다. 그래서 전임 PD가 회사를 그만둔다고 해도 해당 계약은 살아 있다. 만약 해당 작가가 전임자를 따라 다른 업체로 옮기고 싶더라도 법적으로 이번 계약작은 이 회사에 묶여 있을 수밖에 없다. 이럴 때 후임자는 작가를 잘 관리하여 차기작도 이곳에서 낼 수 있도록 해야 할 것이다.

1차 원고 피드백

계약이 체결된 직후 바로 원고 편집 단계로 들어가는 것은 아니다. 상당수의 지망생이 이렇게 착각하곤 한다. PD는 자신이 관리하게 된 작가가 이번이 첫 계약이라면 이를 알려주는 것이 좋다. 자칫 '도장 찍고 나니까 담당자가 내 원고에 신경 써주지 않는다'는 오해를 받기 십상이기 때문이다. 그 이유를 '자신이 신인이라 받는 차별'이라고 오판해 버리고 커뮤니티에 불만 글을 올리는 상황도 간혹 나타난다.

이런 불상사를 방지하기 위해서라도 1차 원고 피드백을 가급적 빨리 해주는 것이 좋다. 특히 투고된 원고가 작가 기준에서 '완성 원고'라면 일정에 대한 언질을 미리 해두는 것이 오해의 여지를 남기지 않는 방법이다.

그렇다면 계약 직후 원고 피드백은 어떤 내용을 중점으로 해야 할까? 계약 당시까지 쓰인 분량에 관하여 문제점이나 수정하면 좋겠다고 판단되는 점, 앞으로의 스토리 진행에서 작가가 인지하고 썼으면 좋겠다고 생각되는 점 등을 정리해 작가에게 전달한다.

이때 PD는 시장의 흐름과 독자의 흥미와 가치관에 반하지 않는 방식을 권장해야 한다. 만약 PD 자신이 원고의 어떤 부분에서 불편한 기분을 느꼈다면 이 점을 그냥 지나치지 말고 작가에게 반드시 고지해야 한다. '편집자는 작가의 첫 번째 독자'라는 명언을 작가와 PD 모두 잊지 말아야 한다. PD가 거슬리는데도 그냥 넘어가거나 피드백을 작가가 받아들이지 않았을 때, 나중에 반드시 댓글로 그 얘기가 나오게 된다. 물론 대부분의 설정이나 소재는 원고 전체가 재미있다면 유통 시 큰 문제로 비화하지는 않을 것이다.

그러나 앞에서 언급했듯이 플랫폼 검수와 장르의 특성에 따라 절대로 안 되는 것들이 분명히 존재한다. 애초에 원고 전체가 검수에 걸릴 정도로 설정에 문제가 있다면 계약까지 이르지 못했을 것이다. 계약이 완료됐다는 건 원론적으로 원고 퀄리티가 괜찮았다는 의미이므로 어느 정도 융통성을 유지하며 피드백을 진행해도 된다.

장르에 따라 원고 피드백을 하지 않는 경우도 있다. 남성향에서는 그렇게까지 심한 피드백이 사전에 들어가지 않는다. 남성향 작품들은 계약 시 이미 문피아에서 충분히 좋은 성적을 거뒀을 테고 이 시점에는 거창한 피드백이 필요하지 않다. 그래도 플랫폼 검수 시 걸릴 만한 문제라면 고지해야 한다.

여성향에서는 플랫폼 심사용 원고를 먼저 받아 검토해야 하는 일이

다반사다. 또한 투고를 통해 계약이 진행됐다면, PD가 해당 원고를 검토한 후 전체적인 수정 방향 등 의견을 정리하여 일차적인 피드백을 보내는 것이 정상이다(북마녀는 이것을 편집부가 해야 할 필수 업무로 여기며 후배들을 가르쳤다. 그러나 모든 업체, 모든 편집자가 다 이렇게 생각하는 것은 아니다).

참고로, 이 피드백 과정을 '리뷰'라고 부르는 업체가 대부분이다. '리뷰'라는 단어는 의미와 맥락상 혼선을 빚을 수 있다는 단점이 있다. 하지만 취업 시 상사들이 쓰는 용어를 그대로 사용해야 회사 차원에서 혼란을 야기하지 않는다.

이제부터 PD는 완성 원고가 오기 전까지 작가의 집필 상황을 관리하며 각종 제작 실무에 들어가야 한다. 편집부의 과로는 다음 실무에서도 계속된다. 물론 작가 역시 부지런히 탈고를 향해 달림과 동시에 각 단계에서 끊임없이 PD와 소통해야 하므로 만만찮게 과로한다는 사실! 함께 힘내보자!

웹소설 PD의 실무 A to Z ❸ : 플랫폼 심사와 표지 제작

최종 원고 예상 일정 논의

계약 완료 이후 본격적인 상품화 단계를 위한 실무 중 가장 먼저 진행되어야 할 것은 '원고 완성 일정' 정리다. 웹소설 PD의 일 중 가장 중요한 업무이지만, PD가 마음대로 진행할 순 없다. 원고 집필은 고스란히 작가의 몫이다. 그래서 작가와 PD의 합, 그리고 작가의 건강 관리가 필수다.

단권 단행본이나 그보다 훨씬 짧은 분량의 초단편들은 두말할 필요도 없이 완결 분량까지 다 나온 상태로 유통을 시작하며, 현재 19금 장르 한정으로 가능하다. 15금은 단권 유통으로 의미 있는 매출을 올리기 어렵다. 15금 플랫폼에서는 장편 중심으로 프로모션을 진행한다. 카카페의 '기다리면 무료', 네이버 시리즈의 '매일 열 시 무료' 모두 매일 하나 이상의 무료 회차를 제공하는 방식이다. 분량이 적은 단편은 이 구조의 프로모션을 진행할 수 없으며 단행본으로 판매해야 한다. 단행본으로 판매할 작품은 '완성고'가 편집부에 도착할 수 있는 일정이 나와야 한다.

200화가 넘는 장편 연재라면 완결화까지 완성하여 론칭하는 것이 불가능하다. 완결화가 나올 때까지 기다렸다가 론칭하면 시기가 너무 늦어져 소재의 트렌드가 지나갈 수 있다. 그러므로 장편은 작가와 PD가 일정을 의논한다. '미완결 상태로 론칭 후 완결까지 실시간 연재'를 목표로, 플랫폼에서 론칭할 수 있는 연재 회차와 함께 비축분을 포함한 분량을 언제까지 집필할 수 있는지 대략이나마 정해야 한다. 그래야 PD가 그에 맞춰 움직일 수 있다. 이 기간에 작가는 긴 시간 휴식을 취하는 일이 불가능하니 마음의 준비를 단단히 해야 한다.

여성향 장르에서는 장편이어도 론칭과 동시에 완결화까지 공개하는 경우가 대부분이다. 70~100화 분량의 현대 로맨스나 현로보다 긴 동양풍 로맨스, 로판 중 비교적 짧은 작품이 이에 속한다.

리디에서 장편 단행본 유통 시, 완결권까지 한꺼번에 내야 한다. 3권짜리 단행본을 한 권씩 띄엄띄엄 내는 건 마케팅상 매우 불리하다. 1부 10권, 2부 10권 수준의 초장편이 아닌 한, 통으로 완결권까지 론 칭일에 오픈해야 한다.

플랫폼 심사 준비

웹소설 PD에게 작품은 '상품'이다. 자유 연재 플랫폼과는 달리 출판 플랫폼에서는 본격적으로 독자의 유료 구매를 유도하는 전략을 세워야 한다. 여기서 다른 작품보다 더 눈에 띌 수 있도록 시각적인 효과가 필요하다. 웹소설 PD는 갖은 노력을 기울여 시각적인 매력을 높이기 위한 단계를 차근차근 밟아 나간다.

작품이 효율적으로 노출되려면 플랫폼의 선택을 받아야 할 것이다. 이를 위해 작가와 PD는 우선 어느 플랫폼에 유통할지 의논한다. 이때 작가가 시장 현황을 잘 모르는 신인이라면, PD가 장단점을 알려주면서 상황을 이끌어간다. 문제는 어느 플랫폼으로 갈지 결정했다고 해서 거기서 무조건 작품을 받아주고 이벤트를 빵빵하게 해주지 않는다는 점이다. 유통이야 어느 정도 자율성이 있지만, 아무 전략 없이 냅다 출간하면 독자가 봐주지 않는다. 플랫폼에서 프로모션 기회를 얻지 못한다면 유통 시 전혀 독자의 눈에 보이지 않으니 결과적으로 작품이 사장되고 만다.

프로모션이란, 오픈 이벤트를 의미한다. 작품이 오픈됨과 동시에 PC 사이트와 모바일 애플리케이션 첫 화면에 해당 작품의 이벤트 배너가 걸린다. 즉, 검색하지 않아도 소비자의 눈에 작품 제목과 표지가 노출된다는 뜻이다. 시장 내에서는 작가와 PD가 '플모'로 줄여 말하곤 한다.

플랫폼에서 '심사'라는 단어를 공식 용어로 쓰는 것은 아니지만 결과적으로 플랫폼의 기준을 통과해야 좋은 프로모션을 지원받으며 유통을 시작할 수 있으므로 '심사'라고 통칭하여 부른다.

심사에 필요한 문서는 줄거리를 포함한 작품 소개서와 심사받을 원고다. 장르에 따라 시놉시스를 같이 보내기도 한다. 작품 소개서는 당연히 담당 PD가 작성한다. 이와 함께 플랫폼 측에 어필할 만한 정보를 추가하여 메일에 적어놓는 것도 필수 전략이다. 예를 들어, 기성 작가인데 이전 출간작의 매출이 괜찮았거나, 다른 플랫폼에서 선독점 공개한 작품이 잘됐다면 효과가 있든 없든 무조건 알려야 한다.

또한 작가의 집필 속도를 감안하여 유통 시작이 가능한 예상 일정도 함께 전달한다. 심사에 통과하더라도 론칭 및 프로모션 타이밍이 한참 후로 잡히는 것이 예삿일이다. 타사의 작품이 펑크가 나는 바람에 급히 들어가는 행운이 간혹 생기기도 한다. 이런 행운이 시도 때도 없이 오는 건 아니지만, 미리 원고와 표지가 준비된다면 기회가 왔을 때 무조건 잡을 수 있다. 론칭 일정이 1년 뒤로 잡혔다고 작가가 넋 놓고 게으름 피우면 안 된다는 소리다.

심사를 신청하기 전, 심사받을 분량 확보는 필수다. 때로는 플랫폼에서 애매한 심사 결과를 보내며 원고의 어떤 부분을 수정해달라고 요구하기도 한다. 이럴 땐 원하는 대로 바꿔주는 편이 옳은 선택이다.

작가가 못 바꾸겠다고(바꾸고 싶지 않다고) 버티는 경우도 없지 않으나, 이 책을 읽는 누구에게도 그런 상황이 발생하지 않기를 바란다. 어떻게든 작가를 설득하여 수정하게 만들어야 모두가 살 수 있다. 안 바꾸면 그 작품은 그냥 끝이다. 고집을 부릴 때가 아니다. 굴러 들어온 호박을 뻥 차버리지 말자.

웹소설 플랫폼들의 심사 기간은 날이 갈수록 늘어나는 실정이다. 플랫폼의 매출 규모와는 무관하게 해당 부서의 직원 수는 한정적이고, 심사 대상작은 기하급수적으로 증가했으니 자연스러운 현상이다. 플랫폼의 운영 정책에 따라 조금씩 차이는 있다. 카카오페이지는 심사 신청 후 최소 6개월, 길게는 10개월 이상 기다려야 하고, 시리즈는 그보다는 짧다. 그래서 시리즈에 심사 신청을 할 땐 웬만하면 모든 것이 준비된 후여야 한다. 리디의 경우 연재관은 어느 정도 기다리며 일정을 조율할 필요가 있고, 단행본은 완결까지 편집이 거의 완성된 상태로 출간 일정과 프로모션을 논의하게 된다. 원하는 플랫폼과 프로모션의 특성에 따라 심사 분량이 달라진다는 점을 염두에 두고 심사 분량 마감 일정을 정해야 한다. 그 원고 분량을 만들지 못하면 심사를 받을 수 없고, 심사에 통과해도 분량이 부족하면 론칭을 하지 못한다.

표지 기획 및 제작

웹소설 시장에서는 잊을 만하면 웹소설 일러스트 표지의 역할과 비중에 관한 논란이 일어나곤 한다. 원론적으로 표지가 일러스트든 그래픽 디자인이든 표지가 원고의 기능을 대체하진 않는다. 원고가 존재하기에 표지가 있고, 원고가 없다면 표지는 애초에 존재할 수 없다. 표지는 언제든 갈아 끼울 수 있고 갈아 끼워도 된다. 이는 해당 그림을 그린 일러스트레이터의 저작인격권을 존중하는 것과는 완전히 다른 문제다.

표지가 예뻐서 샀다고 재미없는 책을 끝까지 읽는 독자는 전무하다. 예쁜 포장지를 살짝 뜯어봤는데 알맹이가 부실하다면 받는 사람은 실망하고 던져버릴 것이다. 반대로 포장의 퀄리티가 낮다면 독자는 조금 고민하겠지만 무료 분량과 작가 이름, 소개 글을 보고 구매를 결정할 것이다. 한마디로 표지는 포장 역할이다.

그저 클릭 한 번을 유발할 뿐이지만 실무자 입장에서 그 효과는 소중하다. 상품을 제작하고 판매하는 PD에겐 포장을 그럴듯하게 만드는 것 역시 매우 중요한 업무다.

① 일러스트&그래픽 디자인 여부 결정

우선 해당 작품의 장르, 등급, 전체 분량, 1차 유통하기로 한 플랫폼 등 모든 요소를 총체적으로 따져보고 표지에 일러스트를 넣을지, 아니면 디자인 표지로 만들지를 결정한다.

종이책 출판사에 비해 웹소설 출판사는 일러스트 표지를 많이 만드는 편이다. 카카오페이지, 네이버 시리즈 등 연재 방식의 플랫폼이 커지면서 매대에서 눈에 띄기 위해 시작된 일러스트 표지 경쟁이 자리잡아 현재와 같이 굳어진 것이다. 판타지, 현대 판타지, 무협, 로맨스 판타지, 로맨스, BL 모두 연재 방식으로 1차 유통을 한다면 무조건 일러스트 표지를 쓴다고 생각해도 된다.

현재 웹소설 시장에서 그래픽 디자인을 써도 큰 문제가 없는 장르는 여성향 19금이며, 주로 리디에서 출간되는 단행본에서 확인할 수 있다. 이 분야 독자들은 오히려 애매한 일러스트 표지보다 그래픽 디자인 표지를 더 선호하는 편이다. 특히 신인의 작품이라면 일러스트에 큰돈을 들이지 못할 바에야 그래픽 디자인으로 가는 것이 훨씬 세련되어 보인다.

그런데 신인 중에 일러스트 표지에 대한 강렬한 로망을 가진 경우가 있다. 여성향 19금이라고 해서 무조건 디자인 표지를 우선하는 것은 아니니 작가와 의견을 조율하여 결정한다. 여기서 PD의 분석과 선택이 중요하게 작용한다. 일러스트 표지를 만들면 당연히 제작비가 올라간다. 몸값 높은 일러스트레이터를 구한다면 더 올라갈 것이다. 그 작품이 그 이상으로 매출을 뽑아낼 수 있을지 생각해보자.

종종 웹소설 작가를 양성하는 학원과 연결된 출판사들이 '출간 시 일러스트 표지 지원', '출간 시 일러스트 비용 지원'이라는 표현을 쓸 때가 있는데, 그건 완전히 잘못된 표현이다. 원론적으로 표지 비용은 제작비에 포함된다. 그러므로 오롯이 출판사에서 지불하는 것이 정상이고 그게 원칙이다. 이는 출판 계약서에도 명시되어 있는 사항이다. 다만 어느 정도 금액을 쓸지 업무상 결정해야 하는 것뿐이다.

근래 작가가 표지 비용을 일정 금액 댈 시, 일러스트레이터의 급을 높여 섭외해주는 방식으로 표지 작업을 하는 출판사가 늘어났다. 디자인 표지로 해도 괜찮은 장르인데 작가가 표지 비용을 댄다는 전제로 일러스트 표지를 쓰는 경우도 있다. 그러나 신인의 작품이라면 시작부터 과한 욕심을 부리지 않는 편이 낫다. 수지타산이 안 맞는 작품이 늘어날 시 회사에 적자가 쌓이는 건 시간문제다.

간혹 인물이 들어가지 않은 일러스트를 요구하는 작가가 있는데, 이는 효율이 매우 떨어지는 선택이다. 비용은 비용대로 크게 들면서 플랫폼에 올렸을 때 그래픽 디자인과 그다지 차이가 나지 않는다. 단, 리디에 먼저 유통하는 19금 장르에서 아주 잘나가는 S급 작가가 원한다면 시도해볼 만하다.

② 표지 기획서 작성

표지 디자인 방향을 정했다면 이제는 표지 기획서를 작성할 차례다. 표지 기획은 PD가 혼자 하는 것이 아니라 작가의 의견을 최대한 반영해야 한다. 표지를 제작해야 하는 시기가 오면 작가에게 어떤 느낌을 원하는지 의견을 구한다.

작가가 보내 온 의견을 토대로 PD가 표지 기획서를 작성한다. 이때 작가가 얼토당토않은 의견을 내세운다면 PD가 적당히 끊어줄 필요도 있다. 어느 쪽이든 최종 문서는 PD가 마무리한다고 생각하자. 웬만하면 편집부에서 함께 쓰는 표지 기획서 양식을 만들어두는 게 좋다.

표지 기획서는 표지의 전체 분위기와 디테일을 하나하나 잡기 위한 가이드다. 그래픽 디자인 표지일 경우 디자이너에게, 일러스트 표지일 경우 외주 일러스트레이터에게 넘어가게 된다. 그러므로 상세하면서 친절하게, 누가 봐도 이해할 수 있도록 세부 사항을 적어두어야 한다. 만약 작가의 설명이 좀 부족하거나 애매하다면 명확한 의미를 재차 확인한 후 헷갈리지 않는 표현으로 작성한다.

작가 역시 자기 작품의 표지에 대해 머릿속으로 어느 정도 생각해둔 바가 있어야 한다. 오해의 여지가 없도록 정확한 표현을 쓰는 것이 좋다. PD가 어느 정도 도움을 주겠지만 작가가 머릿속으로 구현한 이미지는 작가 자신이 가장 잘 안다. PD에게 의견을 보낼 때 되도록 시각적인 레퍼런스를 구하여 붙여둔다면 PD와 일러스트레이터의 이해도가 높아진다.

③ 일러스트레이터 섭외 및 관리

기획서를 작성했다면 이제는 그림을 그려줄 일러스트레이터를 찾을 차례다. 업계에서는 '일러레'라고 줄여 말하기도 한다. 참, '일러레'는 '일러스트레이터'의 약자일 뿐이고 호불호가 갈릴 만한 표현이 아니다. 디자인 인력을 디자인 작가라 말하지 않고 디자이너라 부르는 것과 같다.

인기 높은 일러스트레이터는 예약이 1년 치 이상 차 있기도 하니 미리 연락하여 일정을 의논하는 게 좋다. 현재 대부분의 웹소설 표지 일러스트레이터들은 인스타나 블로그보다는 엑스에 더 많이 상주해 있으니 섭외할 때 참고하자. 회사 계정을 만들어두면 이럴 때 유용하다. 또 같이 일하면서 잘 맞는 작업자라면 꾸준히 일감을 주고 파트너 관계를 잘 맺어두면 좋다. 저작권 이용 허락 계약서 등 외주 계약서를 작성하면 섭외 단계는 완료!

표지 기획서 전달 ⇨ 러프(스케치) ⇨ 편집부 확인 및 수정 사항 전달 ⇨ 채색 ⇨ 편집부 확인 및 수정 사항 전달 ⇨ 최종본 완성

이후에는 위와 같은 순서로 일러스트 제작 작업이 전개된다.

채색 단계는 일러스트레이터의 작업 스타일에 따라 여러 번으로 늘어날 수 있다. 채색을 완전히 해서 보여주는 작업자도 있지만, 간단히 밑색만 칠해서 편집부에 보여주고 'OK'가 나면 그때 제대로 채색을 하는 작업자도 있다. 처음 같이 일한다면 어떤 식으로 작업하는지 먼저 물어보고 숙지해야 한다.

그런데 최종 파일을 전달받은 이후 갑자기 수정해야 하는 경우도 있다. 플랫폼이 요구하면 군말 없이 고쳐야 문제가 해결된다. 하얀 블라우스가 물에 젖은 느낌으로 표현한 부분을 플랫폼 MD가 속옷으로 인지하여 15금 표지로 쓸 수 없다고 통보하는 바람에 급히 수정을 요청한 기억이 있다. 이는 MD의 오해에서 비롯된 사건이지만 론칭을 눈앞에 두고 아무리 그게 아니라고 주장한들 플랫폼은 설득되지 않는다. 다행히 이렇게 플랫폼이 표지를 문제 삼는 상황은 흔하지 않다.

대신 PD들은 일러스트레이터가 문제를 일으키는 상황을 더 자주

맞닥뜨리게 된다. 마감 일정을 맞추지 못하거나, 급기야 연락을 안 받고 잠적해버리기도 한다. 계약서를 주고받은 후 기획서를 보냈으나, 6개월간 메일과 메시지에 답이 없는 이도 있다. 인수인계 내용에 연락이 두절된 일러레가 누구인지 적는 기분은 참으로 씁쓸하다. 신인만 이러는 것이 아니라 인기 높은 일러스트레이터 중에도 프로 정신이 부족한 사람이 업계에 허다하다.

인물은 너무 예쁜데 꽃 사진을 대충 네모나게 잘라 인물 주변에 배경으로 붙여놓은 다음 그걸 완성본이라고 보내는 황당무계한 상황도 겪은 적이 있다. 꽃이 네모난데 어떻게 이 파일이 완성본이냐고 물었다가 도리어 불쾌하다며 담당자를 바꿔달라는 요구까지 받은 바 있다.

어떻게 이렇게 프로 정신이 부족한 작업자가 있단 말인가? 놀랍게도 처음 같이 일한 게 아니라 멀쩡하게 몇 년을 잘 일해왔던 프로가 별안간 돌변하여 이상 행동을 하는 경우도 없지 않다. 이런 사건·사고는 피하고 싶다고 피할 수 있는 일들이 아니기에 눈물을 훔치며 그냥 넘어가야 한다.

실무자 입장에서는 이렇게 해이하고 무책임한 사람과 일하고 싶지 않다. 작가도 자신의 표지 일러스트 일정이 펑크가 나면 곤란하니 불안감이 커진다. 그러나 해당 일러스트레이터의 그림체가 매력적이고, 작품을 쓴 작가가 그 사람 그림을 꼭 넣고 싶다고 하는 상황에서는 PD도 어쩔 수 없이 다시 섭외하게 된다. 이것이 직장 생활이자 사회생활의 고통일 것이다.

연락 두절은 아닌데 퀄리티의 평균이 달라 난감한 상황에 처하기도 한다. A작품의 표지 일러스트를 보고 마음에 들어 그 일러레를 섭외한 건데, 어째서 우리 출판사와 진행할 땐 인물의 얼굴이 아마추어 수준으로 나오는 걸까? 일러스트레이터를 섭외할 땐 상대의 다양한 포트폴리오를 살피고 작업물의 평균 수준을 분석할 필요가 있다. 영 어색했던 그림을 PD가 집요하게 수정시킨 끝에 나름대로 멀쩡한 완성본으로 마무리된다면 그것은 그 일러레의 대표 포트폴리오가 된다(어떻게 아느냐 하면 북마녀가 바로 그 집요한 클라이언트이니까).

이러한 문제들 때문에 마감 일정을 최대한 길게 잡고 일러스트레이터를 섭외하는 것이 여러모로 안전하다. 길게 잡는다고 연락 두절의 가능성이 없어지는 것은 아니지만, 잠적하더라도 어떻게든 잡아서 그림을 끝내게 할 여유를 확보해야 한다. 정 안 된다면 그사이에 대타 일러레를 구할 수도 있을 것이다. 즉, 일러스트가 완성될 것으로 예상되는 시기가 작품 론칭 직전이면 위험하다. 작품이 론칭되기 한참 전에 일러스트와 표지를 만들어두고 대기하는 것이 가장 좋다.

참, 출간작 표지를 위해 일러레를 독촉하는 작업은 PD의 몫이지 작가의 일이 아니다. 그러니 작가가 나서서 소통을 시도하지는 않는 편이 좋다.

④ 그래픽 디자인 표지 제작

인물 일러스트가 들어가지 않은 소위 '디표'(디자인 표지)는 굳이 일찍 준비할 필요가 없다. 그래픽 디자인에도 일종의 트렌드가 존재한다. 원고가 완성되고 론칭 준비를 할 무렵에 만들어야 가장 트렌디하고 예쁜 표지를 뽑아낼 수 있다. 원고 편집 기간에 표지 기획서도 같이 쓰고 디자이너에게 일정을 잘 전달하면 된다.

회사에 따라 그래픽 디자인 표지를 제작할 수 있는 디자이너를 정규직으로 들이기도 하고, 디자인 표지 역시 외주로 맡기기도 한다. 외주로 맡길 땐 외주자와 일정 논의를 제대로 해놔야 한다.

그래픽 디자인이라면 내부 직원이든 외주자든 너무 빤한 디자인 소스를 쓰지 않도록 해야 한다. 저작권 프리가 아니라 요금을 지불하고 사용하는 유료 소스라도 사이트가 같으면 타사의 작품과 표지 디자인이 겹치는 문제가 생길 수 있다. 비슷한 소스를 쓰더라도 반드시 달라 보이도록 디자인적인 조치를 취해야 한다.

PD가 직접 디자인 작업을 하는 건 아니지만 디자인을 '보는' 감각이 있다면 최종 결과물을 더 좋게 뽑아낼 수 있다. 색상 교체, 위치 변경 등 사소한 디테일의 차이로 퀄리티가 달라지기 때문이다. 그걸 명확하게 설명하여 세밀하게 수정시킬 능력이 있다면 디자이너를 잘 컨트롤할 수 있을 것이다.

작가 역시 보는 감각과 설명 능력을 키워두면 자신의 호불호 의견을 더욱 뚜렷하게 편집부에 알릴 수 있다. 그러니 그림과 표지를 최대한 많이 봐두고 감각을 익히자.

⑤ 제목 배치 및 표지의 최종 완성

그래픽 디자인 표지는 디자이너가 처음부터 제목 위치를 잡아가면서 만들게 된다. 그러나 일러스트 표지는 다르다. 최종 일러스트 파일이 들어오면 디자이너가 이 파일 위에 제목과 작가명, 출판사 로고 등 표지에 꼭 필요한 정보를 올린다. 별것 아닌 작업 같지만 일러스트를 최대한 가리지 않으면서 균형 있게 배치해야 하기 때문에 탁월한 디자인 감각을 요한다.

이를 위해 일러스트 기획 단계에서 제목을 어디쯤 넣겠다는 구도 기획까지 앞서 이루어져야 한다. 제목을 고려하지 않고 일러스트를 그렸다가 일러스트의 중요한 부분을 가려야 하거나, 제목까지 올렸을 때 너무 번잡해 보이는 등 낭패를 보는 일이 적잖이 발생한다.

내부 디자이너가 제목 폰트를 조절하여 예쁘게 만들 줄 안다면 금상첨화다. 일러스트는 아름다운데 제목 폰트가 이상하거나 일러스트와 어우러지지 않는다면 최종 표지의 퀄리티를 망치게 된다. 최근에는 내부 디자이너를 보유하지 않은 출판사들이 제목 캘리그래피만 별도로 외주자에게 맡기기도 한다.

⑥ 신인 일러스트레이터 확보

웹소설 시장에서는 꼭 비싼 일러스트를 표지에 사용해야 하는 걸까? 출판사 입장에서는 출간하는 모든 작품의 표지에 100만~200만 원짜리 일러스트를 넣을 수는 없다. 신인 작가의 작품에 톱 티어 일러스트를 쓰고 매출이 100만 원밖에 안 나오면 회사는 그보다 몇 배의 손해를 떠안게 된다.

그러므로 편집부에서는 멋진 그림을 그릴 수 있는 신인 일러스트레이터를 미리 확보해두어야 한다. 인터넷에서 괜찮은 그림을 발견해 섭외하는 것은 현실적으로 어려움이 있다. 예를 들어 팬아트를 잘 그리길래 섭외했더니 팬아트가 아닌 그림에서는 실력을 영 발휘하지 못하는 상황이 발생하기도 한다(자신이 사랑하는 대상만 잘 그리는 아마추어들이 의외로 많고, 그래서 프로와 차이가 난다). 일러스트 실무에서 너무 위험천만한 '발굴'은 금물이다.

현재 웹소설 일러스트 표지의 수요가 많다는 사실이 널리 알려진 덕분에 웹툰이나 게임 원화 작가 지망생들이 웹소설 일러스트레이터로 전향하려는 분위기가 형성되어 있다. 프로 일러스트레이터가 되길 희망하는 신인들이 출판사에 포트폴리오 메일을 보낸다. 포트폴리오를 한 장만 보내는 경우는 거의 없으며, 정말 한 장만 보내는 사람은 후보에서 제외하는 게 좋다. 포트폴리오가 여러 장인데 퀄리티가 제각각이라면 다른 사람의 손길이 닿았을 가능성이 있고 매번 최상의 결과물을 내지 못한다는 뜻이니 역시 제외해야 한다.

예를 들어 포트폴리오 중 실제로 유통된 웹소설 표지가 들어 있는데 그 표지만 월등히 좋고 나머지 그림의 퀄리티가 애매하다면 편집부에서 미친 듯이 수정시켜 억지로 퀄리티를 높였을 가능성이 있다. 그게 바로 담당자가 하게 될 일이다.

이번 강의에서 살펴본 업무는 작가가 직접 하는 것이 불가능하다. 작가가 1인 출판사를 세워 본인이 제작 및 유통까지 맡는다면 모든 업무를 직접 해야겠지만, 출판사와 계약한다면 굳이 그럴 필요가 없다. 그래도 작가가 무료 연재를 할 때 섬네일용 커미션*을 직접 맡기는 경우도 없지 않으니 위의 정보를 참고하면 되겠다.

이런 업무들은 출판권을 계약한 출판사 쪽에서 전담하는 것이 정상이고 정석이다. 글을 쓰는 작가한테는 일종의 '잡무'에 해당하는 일이다. 실제로 수익을 출판사와 나누는 것이 아깝다는 생각에 1인 출판사를 차렸다가 온갖 잡다한 업무에 호되게 당하고 후회하는 작가도 있다. 이런 귀찮은 일들을 담당 PD가 대신 하기에 작가가 온전히 원고에 집중할 수 있는 것이다.

이런저런 업무를 하면서 작가를 독촉하다 보면, 기다리고 기다리던 원고 파일이 PD의 메일함에 당도하는 때가 마침내 찾아온다. 이제 본격적인 편집과 상품화 업무에 돌입할 시간이다.

---

* 개인의 필요로 창작자에게 금액을 지불하고 창작 활동을 신청하는 행위. 국내에서는 비상업적 용도의 사용까지만 가능한 문화이기에 커미션으로 그린 그림을 출판용 표지에 쓰는 건 불가능하다. 자유 연재 플랫폼에서의 표지까지만 암묵적으로 허용되며, 창작자와의 확실한 합의가 필요하다. 일반적인 외주보다는 금액대가 훨씬 낮아서 아마추어 창작자가 많다. 커미션으로 제작된 그림은 창작자의 포트폴리오로 활용될 수 있다.

웹소설 PD의 실무 A to Z ④ : 원고 편집 및 최종 파일 제작

원고 교정 및 편집

마침내 유통 시작일과 프로모션이 정해지고 작가도 창작의 고통 끝에 완성 원고를 보내왔다! 완고를 받아내기 전부터 PD는 각고의 노력으로 업무를 진행해왔지만, 이제야말로 웹소설의 실질적인 상품화 업무가 본격적으로 진행될 때다.

① 교정 및 최종 편집

웹소설 출판사의 교정 작업은 종이 교정 없이 '화면 교정'으로 이루어진다. 교정 수준은 업체마다 다르다. 웬만히 교정을 잘 보는 곳들은

3교를 보는 편이다.

편집부(1교) ⇨ 작가(2교=작가 교정) ⇨ 편집부(3교=최종 교정)

이렇게 3교 진행 후 교정 작업을 마무리한다. 마지막 3교본, 즉 최종 교정본을 작가에게 보내는 경우도 많다. 최종 편집본 상태를 작가에게 알리기 위해서다. 교정 작업이나 스토리 자체에 어떤 오류나 문제가 있을 경우 교정 단계가 더 늘어날 수도 있다. 이렇게 횟수가 늘어날 경우 작가와 PD 모두 수정된 구간을 반드시 재확인 후 넘긴다.

편집부의 원고 편집 작업에서는 오탈자나 틀린 맞춤법을 잡아내는 일부터 비문과 함께 독자가 이해할 수 없게 쓰인 문장을 고치는 일까지 총체적인 교정·교열 및 윤문(어색하거나 의미가 불분명한 문장 등을 다듬는 작업)이 이루어진다. 또한 내용상 치명적인 오류가 있거나 잘못된 정보가 있다면 그 역시 잡아내고 작가에게 확인 후 수정한다.

원론적으로 원고에 대한 책임은 작가에게 있다. 이는 저작권법과 계약서 필수 조항으로 적시된 항목이다. 그러나 실무적으로는 편집부에 속한 PD가 작가보다 교정을 잘 보는 것이 정상이고, 반드시 그래야 한다. 맞춤법을 잘 모르거나 잘못된 구간을 고칠 수 없는 실력이라면 좋은 편집자라 할 수 없다.

담당 작품이 너무 많아 PD가 모든 교정 업무를 다 쳐내지 못하는 상황이라면 교정은 전문 인력에게 외주를 맡기기도 한다. 그러나 외주 교정자가 업무 능력이 부족해 내용상 오류를 잡아내지 못하거나, 원고 상황에 따라 일부만 교정을 내보낼 경우 장면을 이해하지 못할 수도 있다. 외주로 돌리더라도 1교만 내보내는 편이 낫고, 최종 교정은 내부 직원인 담당 PD가 진행하는 게 좋다. 그래야 이후 업무를 볼 때 수월하다.

② 분량 분할 및 정리

다음 단계인 분량 정리는 최종 편집 이전에 진행될 수도 있고, 최종 편집 과정을 거치면서 동시에 이루어지기도 한다. PD가 어느 정도 작가에게 자율성을 주되, 작가에게 마지막 교정 시 회차 분할을 요청한다면 업무의 효율성을 높일 수 있다. PD보다는 글을 직접 쓴 작가가 스토리의 감정선에 가장 부합하게 회차를 자를 수 있다. 처음부터 회차로 나누어 썼다면 분할 작업이 생략된다. 단행본에서는 어디까지가 1권이고 어디부터 2권으로 넘길 것인가 고민될 때가 많다. 스토리의 감정선뿐만 아니라 권당 가격을 기준으로 적정선을 맞춰야 하기 때문에 PD가 조금 더 적극적으로 의견을 개진한다.

단행본에서는 각 장의 소제목이 모여 목차가 구성되고, 연재본은 회차마다 소제목을 넣을 수 있다. 만약 회차에 별다른 소제목이 안 붙어 있다면 독자에게는 '〈작품명〉 1화', '〈작품명〉 2화'와 같은 식으로 노출된다. 이는 작가의 스타일에 따라 다르다. 소제목을 별도로 하나하나 정하느라 머리를 싸매는 작가도 있고, 단행본의 장 제목마저도 그냥 '1, 2, 3, 4'와 같이 숫자로 정해버리는 작가도 있다. 양쪽 다 큰 차이는 없어 보이지만, 연재 시 소제목으로 특정 회차의 클릭이 유도되는 효과가 없지 않다.

예를 들어 어느 회차에 '시도 때도 없이', '나랑 잘래요?' '누나 집에 가지 마요'와 같은 제목이 붙어 있다면 사람인 이상 한 번쯤 눌러볼 수밖에 없다. 이런 클릭 유도를 매우 중요하게 여기는 작가도 분명히 있다. 남성향보다는 여성향 장르에 후킹 효과를 위해 신중하게 소제목을 정하는 작가가 많은 편이다.

그런데 이는 저작권에 속하는 창작 영역이므로 PD가 소제목을 정할 일은 없다. 만약 작가가 후킹을 원한다면 본인이 직접 하는 것이 옳다. 회차 제목은 서지 정보 등록 시 필요한 항목이므로 늦어도 최종 편집 단계까지는 작가가 정하여 명기해야 한다.

이 단계에서 연재 회차가 몇 개인지, 단행본으로 몇 권인지 최종적으로 정해진다. 이를 통해 PD가 적정한 가격을 책정한다. 가격은 반드시 작가와 협의하고 합의할 사항이다. 연재로 내보낼 경우 무료 회차를 몇 개로 할지도 정하게 된다. 이는 작가의 생각보다는 시장과 플랫폼의 통상적인 분위기에 좌우된다. 따라서 출간 시점에 따라 가격과 무료 회차는 달라질 수 있다.

원고의 최종 편집과 분량 정리가 마무리되면 완성된 표지 파일과 함께 전자책 등록 직원에게 등록 업무를 요청하는 단계로 넘어간다. 소규모 업체나 1인 회사라면 직접 등록할 수도 있다.

서지 정보 및 소개 글 작성

① 서지 정보 정리

종이책을 주로 만드는 일반서 출판사에서는 편집자가 보도 자료를 작성한다. 웹소설 출판사에서도 동일선상의 업무를 해야 한다. 대신 웹소설 쪽은 일반서의 보도 자료처럼 A4용지 5~10장에 이르는 분량으로 쓸 필요가 없다.

서지 정보는 플랫폼에 따라 필수로 등록해야 하는 항목이 천차만별이다. 반드시 들어가야 하는 항목은 카테고리(장르), 작품명, 작가명, 출판사명, 등급, 가격, 그리고 작품 소개 글이다. 등록을 위해 플랫폼의 CP센터에 로그인할 때 해당 출판사 아이디로 들어가지만, 출판사명은 달라질 수 있다. 하나의 출판사라고 해도 BL만 등록하거나 로판만 등록하는 임프린트를 여러 개 만드는 것이 가능하다. 임프린트가 여러 개라면 등록하는 직원이 이를 헷갈리지 않도록 담당자가 정확하게 짚어주어야 한다.

웹소설 플랫폼 중 리디가 등록해야 하는 항목이 비교적 많은 편이다. '작품 소개', '저자 프로필', '목차', '작품(장르) 가이드' 등이 있다.

'작품(장르) 가이드'는 작품의 배경, 작품 키워드, 주인공 소개, 공감 글귀 등으로 이루어진다. 독자가 구매 전 해당 작품이 어떤 내용인지 감을 잡을 수 있도록 정보를 알려주는 항목이다.

'저자 프로필'은 한마디로 작가 소개다. 일반서 보도 자료는 해당 책을 극찬하거나, 저자가 얼마나 위대한 인물인지 경력을 강조하는 경우가 대부분이다. 그러나 웹소설 소개 글에선 굳이 그러지 않아도 괜찮다. 만약 소개가 들어간다면 필명의 의미, 작가로서의 목표, 좋아하는 것에 대한 짧은 멘트 정도가 알맞다. 이 내용이 필수로 들어가야 하는 것도 아니다.

또한 작가 소개란에 연령대나 거주지, 고향 정보 등은 적지 않는다. 특히 몇 년생이라고 나이를 언급해서는 안 된다. 학력을 언급하는 것도 심히 고루하고 우스워 보이니 반드시 제외한다. 혹여 신인 작가가 잘 몰라서 이런 정보를 적어 보냈다면 PD가 작가에게 잘 설명하고 이를 삭제한다.

기성 작가는 기존에 쓰던 작가 소개 글이 있을 것이다. 이번 작품이 해당 작가와 처음 작업하는 상황일 땐 이전 소개 글을 그대로 활용해도 되는지 확인한 다음 써도 된다. 만약 발굴한 작가가 신인이고 데뷔작이라면 작가에게 소개 글을 요청하여 받아낸다.

작가 소개 글은 한 바닥씩 쓸 필요는 없고 짧게는 한 줄, 길게는 대여섯 줄이면 충분하다. 작가에 따라 구구절절 적지 않고 엑스나 블로그 등 소셜 미디어 주소만 남기거나 메일 주소만 공개하길 원하는 경우도 있다. 웹소설 시장에서는 다수의 작가가 소셜 미디어 주소만 밝히는 정도로 활동하고, 그조차 없이 필명만 덜렁 적어두는 상황도 빈번하다. 이는 작가의 자유이고 작품 판매에 큰 영향을 주지 않으므로 작가가 원하는 대로 해줘도 된다.

② 키워드 등록

작품 등록 시 리디에서는 해당 작품의 스토리가 지닌 특징에 맞도록 키워드를 넣게 되어 있다. 등록 담당자에게 서지 정보를 넘길 때 작품에 어울리는 키워드도 정리하여 동시에 전달해야 한다.

로맨스 키워드 검색 페이지에 들어간 독자가 '조폭 계략남'이 남주인공으로 등장하는 '현대 로맨스'를 보고 싶다면, '현대물', '조직/암흑가', '계략남' 키워드를 눌러 해당하는 작품을 확인할 수 있다. BL 키워드 검색 역시 마찬가지다. 독자가 '무심공'과 '병약수'가 나오는 '○○ 버스' 세계관 작품을 보고 싶다면 각각의 키워드를 눌러 해당 키워드가 모두 적용되는 작품 리스트를 확인할 수 있다.

다시 말해 작품 등록 시 해당하는 키워드를 최대한 많이 뽑아놔야 키워드 검색에 잘 걸린다. 키워드 선정은 담당 PD만 할 수 있는 업무다. 작품을 완벽하게 숙지해야 키워드를 잘 뽑을 수 있다. 만약 작품 내용 관련 모든 업무를 외주로 맡긴 탓에 아무것도 모른다면 PD가 해당 작품에 대한 키워드를 정확하게 뽑기 어려울 것이다.

그런데 여기서 혼동하지 말아야 할 것이 있다. 앞에서 언급했던 '로맨스 가이드/BL 가이드' 항목에 들어가는 키워드 내용과 리디 사이트에 등록하는 키워드는 같을 수도 있지만 달라질 수도 있다. 예를 들어 '의도치않게유혹수', '여주한정햇살남'과 같은 식으로 스토리와 캐릭터의 특징을 조금 더 보여줄 수 있으면서 약간의 유머가 들어간 키워드를 자체적으로 만들어 장르 가이드 쪽에 넣는 것이 가능하다. 이건

PD가 직접 만들기보다는 작가한테 요청하는 것이 훨씬 좋다. 보통 자유 연재 플랫폼인 조아라에서 연재하는 작가들이 이런 유머러스한 해시태그를 다채롭게 만들곤 한다. 연재 이력이 있다면 이를 활용할 수 있다.

네이버와 카카오페이지는 리디만큼 등록 항목이 많지는 않고, 필수 항목만 넣어주면 된다. 이 사이트들에서도 키워드 등록을 하지만, 키워드가 강하게 노출되지는 않는다. 또한 키워드가 독자의 눈에 크게 띄는 것도 아니다. 그래도 네이버에 비해 카카오페이지는 리디의 키워드 전략을 점점 활용하려는 듯하다.

키워드 시스템은 리디가 개발하여 여성향 웹소설 시장의 발전에 크게 이바지한 성과물이라 할 수 있다. 이 세 플랫폼 외에 다른 사이트들은 대동소이하다. 중소 사이트들은 리디의 키워드를 거의 카피하는 수준으로 만들어놓았다고 봐도 무방하다.

③ 작품 소개 글 작성

작품 소개 글은 작품의 줄거리를 간단히 요약한 글이며, 서지 정보에 포함된다. 작품의 내용과 장르에 따라 소개 글의 분위기와 분량 차이가 심하다.

남성향에 해당하는 현대 판타지, 판타지, 무협은 길어야 열 줄이다. 여기서 말하는 열 줄은 A4 용지를 빽빽하게 채운 열 줄이 아니다. 정말 인터넷 게시판에 간단한 글을 쓰는 느낌으로 행갈이를 하는 식이다. 유머러스하게 표현한 두세 줄로 클릭을 유도하는 작품도 쉽게 볼수 있다.

여성향에 해당하는 로맨스, 로맨스 판타지, BL은 남성향에 비해 훨씬 자세한 줄거리를 제공한다. 업체마다 자율적으로 정하는 편이지만 대체로 빽빽하게 열 줄을 채우고, 길면 서른 줄을 넘기기도 한다. 특히 강렬하고 자극적인 장면을 뽑아 줄거리 앞쪽이나 뒤쪽에 붙여놓고 구매를 유도하는 전략을 취하는 업체도 상당수다.

④ 연재 주기 및 회차 분량 안내

웹소설 시장에는 론칭을 기점으로 완결화까지 몽땅 다 올리고 한꺼번에 공개하는 구조도 있지만 미완결 상태로 론칭해 계속 연재해야 하는 작품의 수가 훨씬 더 많다. 그래서 연재 주기 안내가 필수다. 미완결 작품의 연재 주기는 반드시 눈에 띄는 공지로 적어놓아야 한다.

출판 플랫폼 중 연재본과 단행본 코너가 모두 활성화된 곳은 리디다. 리디는 작품 소개 페이지 'e북-웹소설/웹툰 분량 안내'에서 단행본 권별로 수록된 연재 회차, 한마디로 1권에는 1화~00화, 2권에는 00화~00화가 들어 있다는 정보를 명시해놓았다. 이는 동일한 내용을 연재관에서 먼저 구매한 독자의 항의를 막기 위한 방책이기도 하다. 연재관에서 연재가 끝난 후 단행본이 유통되는 일이 비일비재하기 때문이다.

연재 이후 내용 수정·추가 작업이 이루어지면서 연재본과 단행본의 내용이 반드시 일치하지 않을 수도 있다. 과거에는 연재 후 단행본용 수정 작업을 하는 작가가 꽤 있었고, 철저한 작가는 문단 나누기까지 다르게 하기도 했다. 그러나 웹소설 뷰어 특성상 한 파일에 담긴 분량 차이 외에는 연재본과 단행본의 물리적 차이점이 없고 작가들도 바빠지다 보니 이런 작업이 최근에는 줄어든 상황이다(단, 종이책으로 만들 때는 판형이 확실하게 달라지므로 종이책 내지 디자인의 퀄리티를 위해 문단을 정리하는 편이 좋다).

⊗ ⊖ ⊙   리디 키워드 검색

리디 독자들은 원하는 작품을 찾기 위해 키워드 검색 페이지를 이용한다. 작품 등록 시 해당하는 키워드를 최대한 많이 뽑아놔야 키워드 검색에 잘 걸린다. 리디 키워드 페이지는 이성애 스토리인 로맨스와 로맨스 판타지, 동성애 스토리인 BL로 나뉘어 있다. 남성향 키워드 페이지도 있으나 아직 리디에 남성향 독자가 많지 않아 활용 빈도가 높진 않다. 그래도 활발히 이용하는 독자가 늘고 있고, 남성향 작품에 흥미를 가지는 여성 독자도 베스트셀러 위주로 포섭되고 있다.

　또한 비정기적으로 새로운 키워드가 추가되기도 한다. 공식 키워드로 추가됐다는 것은 시장에서 작품 수가 무시할 수 없을 만큼 늘어났고 스테디셀링 소재로서 자리 잡았다는 뜻이다. 작가와 PD가 이를 신속하게 간파해야 실무적인 트렌드를 놓치지 않을 수 있다.

로맨스&로판 키워드

[장르/배경]
현대물
실존역사물
가상시대물
판타지물
동양풍
서양풍
신화물
궁정로맨스
캠퍼스물
학원물
무협물
백합/GL
아카데미
헌터물

[소재]
차원이동
회귀/타임슬립
전생/환생
영혼체인지/빙의
초능력
초월적존재
왕족/귀족
외국인/혼혈
남장여자
바람둥이
역하렘
동거
맞선
속도위반
베이비메신저

조직/암흑가
법조계
메디컬
전문직
군대물
경찰/형사/수사관
연예인
스포츠물
기억상실
오해
복수
시월드
신데렐라
권선징악
천재
가이드버스
게임빙의
공포/괴담
인외존재
오메가버스

[관계]
재회물
오래된연인
첫사랑
친구〉연인
라이벌/앙숙
사제지간
나이차커플
키잡물
사내연애
비밀연애
삼각관계
갑을관계

신분차이
계약연애/결혼
정략결혼
선결혼후연애
원나잇
몸정〉맘정
소유욕/독점욕/질투
여공남수
금단의관계
운명적사랑
애증

[남자 주인공]
츤데레남
조신남
평범남
뇌섹남
능력남
재벌남
사이다남
직진남
계략남
능글남
다정남
애교남
유혹남
절륜남
집착남
나쁜남자
후회남
상처남
짝사랑남
순정남
철벽남

동정남
순진남
까칠남
냉정남
무심남
오만남
카리스마남
존댓말남
대형견남
연하남
사차원남

[여자 주인공]
평범녀
뇌섹녀
능력녀
재벌녀
사이다녀
직진녀
계략녀
능글녀
다정녀
애교녀
유혹녀
절륜녀
집착녀
나쁜여자
후회녀
상처녀
짝사랑녀
순정녀
철벽녀
동정녀
순진녀

까칠녀
냉정녀
무심녀
도도녀
외유내강
우월녀
걸크러시
털털녀
엉뚱녀
쾌활발랄녀

[분위기/기타]
달달물
로맨틱코미디
잔잔물
성장물
힐링물
애잔물
신파
추리/미스터리/스릴러
피폐물
육아물
여주중심
악녀시점
이야기중심
원작소설
더티토크
고수위
하드코어
씬중심

판타지무협 키워드

[장르/배경]
현대판타지
퓨전판타지
정통판타지
게임판타지
신무협
전통무협
대체역사
아포칼립스
학원/아카데미
이세계
삼국지

[소재]
동료/케미
회귀물
빙의물
환생물
상태창/시스템
착각물
생존물
성장물
레이드물
경영물
연예계물
재벌물
스포츠물
직업물
전쟁물
차원이동물
귀환물
탑등반물

성좌물

[주인공]
절대선
빌런캐
희생캐
망나니
계략캐
외유내강캐
사연캐
얼굴천재
천재
먼치킨

[직업]
헌터
배우
아이돌
소드마스터
마법사
왕족/귀족
마왕
천마
회사원
의사/의원
운동선수
군인
매니저
예술가
BJ/스트리머
기사/성기사
정령사
네크로맨서
용병

[분위기/기타]
코믹/개그물
사이다물
피폐물
힐링물

BL 키워드

[장르]
가이드버스
헌터물
현대물
시대물
SF/미래물
동양풍
서양풍
판타지물
○○버스
오메가버스
추리/스릴러
미스터리/오컬트
학원/캠퍼스물
궁정물
100년보장

[관계]
소꿉친구
친구〉연인
동거/배우자
첫사랑
재회물
라이벌/열등감
배틀연애

애증
하극상
계약
원나잇
스폰서
금단의관계
사제관계
신분차이
나이차이
다공일수
서브공있음
서브수있음
리버스

[인물(공)]
미남공
미인공
다정공
울보공
대형견공
순진공
귀염공
호구공
헌신공
강공
냉혈공
능욕공
무심공
능글공
까칠공
츤데레공
초딩공
집착공
광공

개아가공
복흑/계략공
연하공
재벌공
황제공
후회공
사랑꾼공
순정공
짝사랑공
상처공
절륜공
천재공
존댓말공

[인물(수)]
미남수
병약수
미인수
다정수
순진수
명랑수
적극수
소심수
잔망수
허당수
평범수
호구수
헌신수
강수
냉혈수
까칠수
츤데레수
외유내강수
단정수

무심수
우월수
군림수
유혹수
계략수
떡대수
재벌수
연상수
중년수
임신수
순정수
짝사랑수
상처수
굴림수
도망수
후회수
능력수
얼빠수

[소재]
구원
차원이동/영혼바뀜
역키잡물
대학생
회귀물
전생/환생
초능력
인외존재
복수
질투
오해/착각
감금
SM
외국인

왕족/귀족
연예계
조직/암흑가
스포츠
리맨물
사내연애
전문직물
정치/사회/재벌
할리킹
게임물
키잡물

[분위기/기타]
코믹/개그물
달달물
삽질물
일상물
힐링물
시리어스물
피폐물
사건물
성장물
잔잔물
애절물
하드코어
3인칭시점
공시점
수시점
해외소설

로맨스/로판	판타지	BL
10%할인	RIDI_ONLY	10%할인
기다리면무료	10%할인	기다리면무료
단행본	리다무	단행본
연재중	대여	연재중
연재완결	e북	연재완결
웹툰원작	웹소설	평점4점이상
평점4점이상	연재중	리뷰100개이상
별점100개이상	연재완결	리뷰1000개이상
별점500개이상	평점4점이상	별점100개이상
별점1000개이상	리뷰100개이상	별점500개이상
별점3000개이상	리뷰500개이상	별점1000개이상
별점5000개이상	별점100개이상	별점10000개이상
리뷰100개이상	별점500개이상	5000원이하
리뷰500개이상	10권이상	5000~10000원
리뷰1000개이상	20권이상	10000~15000원
3000원이하		15000~20000원
3000~5000원		2만원초과
5000~1만원		2권이하
1만원~2만원		5권이상
2만원초과		

*GL은 로맨스/로판의 키워드 중 [장르/배경] 항목에 '백합/GL'로 끼어 있다. 따로 GL이라는 카테고리가 마련되어 있지 않기 때문에 키워드도 별도로 존재하지 않는다. 이는 애석하게도 웹소설 시장에서 GL의 비중과 상품성이 그대로 반영된 결과다. 앞으로 GL 시장이 크게 성장한다면 키워드 역시 따로 추출하는 흐름으로 변화할 것이다.

*[분위기/기타] 항목에는 해당 작품의 물리적인 정보와 마케팅 포인트도 포함되어 있다. 스테디셀러나 특정 형태의 작품을 찾고자 하는 독자의 욕구를 반영한 결과다. 이는 리디 내에서 상품의 가치를 언급하는 것과도 같다. 리디 내 장르별 매출과 비중에 따라 미묘한 차이를 확인할 수 있다.

전자책 제작 및 등록

일반서와 달리 웹소설에서는 전자책(이북)이 우선이다. 밀리언셀러가 종종 종이책으로도 출간되고 크라우드 펀딩을 하기도 하지만, 웹소설 시장 안에는 여전히 종이책 없이 전자책만 나온 베스트셀러가 셀 수 없이 많다. 전자책 파일이 상품 그 자체이기에 제작 및 등록 단계에서 그 어떤 작은 실수도 있어서는 안 된다. 이 단계는 작가가 관여할 업무는 아니며 판권을 가진 출판사에서 온전히 진행한다.

① 전자책 파일 제작과 검수

한국 출판 시장에서 전자책은 이퍼브(epub) 파일 형식을 따른다. 얼마 전까지 카카오페이지가 한글 문서(hwp) 기반의 이미지 파일(jpg)을 고수하다가 이퍼브로 넘어왔다.

전자책 제작 프로그램으로는 시길sigil을 주로 쓰고, 프로그램이 달라도 별 차이는 없다. 제작 자체는 어렵지 않다. 하지만 종이책과는 달리 PD 한 명이 한 달에 1종만 론칭하는 일은 드물다. 연재 회차 하나하나 파일을 다 만들어야 하기에 작업량이 기하급수적으로 늘어난다. 어느 정도 작품을 확보한 웹소설 출판사에서 PD가 모든 작품의 전자책을 제작하는 건 시간과 업무 효율 관계상 무리다. 할 수도 없고 해서도 안 된다. 스케줄상 PD가 일부를 제작할 수도 있지만, 전담하는 직원이 따로 있는 것이 이상적이고 현실적으로 문제가 생길 확률이 낮아진다.

전자책 제작 후에는 반드시 파일 검수 단계를 거친 다음 등록으로 넘어가야 한다. 의외로 검수를 제대로 하지 않아 유통한 이후에 파일에서 오류를 발견해 급히 교체하는 일이 생기므로 단단히 주의해야 한다.

파일 검수 단계에서는 표지가 잘리지 않았는지, 제목과 이름이 잘 들어갔는지, 회차나 장의 숫자와 원고 내용이 서로 일치하는지 등을 확인한다. 만약 원고에 특정 디자인 요소(게시판 모양, 휴대전화 메시지 상자 등)가 들어갔다면 이 역시 깨지지 않았는지 점검해야 한다. 모니터 화면에 전자책 파일과 최종 원고 파일을 동시에 열어두면 검수 작업이 수월해진다. 이런 업무는 작은 모니터나 노트북에서 효율성이 현저히 낮아진다. 사무실의 업무 환경 조성 시 신경 써야 할 점이다.

아무래도 사람이 하는 일이니 기계적으로 작업하다가 어느 순간 실수가 일어날 가능성이 있다. 3화와 4화의 내용이 똑같다거나, 회차 하나를 빠트리고 제작했다거나 하는 일이 벌어지기 일쑤다. 혹은 제작 단계가 아니라 최종 편집 단계에서 잘못 분할한 실수가 발견되기도 한다. 이런 오류가 포함된 결과물이 그대로 독자에게 노출되어서는 안 된다. 그러므로 최종 검수 단계에서 더욱 꼼꼼하게 살펴야 한다. 전자책 제작은 다른 직원이 하더라도 검수 작업은 최종 편집을 담당한 PD가 하는 것이 좋다.

② 작품 등록

단행본만 생각하면 전자책을 제작하고 등록할 일이 그리 자주 있지는 않다. 그러나 웹소설 시장에는 연재 방식으로 오픈되는 작품이 많다. 예를 들어 하루에 여성향 로맨스를 100화, 남성향 현대 판타지를 300화가량 업로드해야 한다고 가정하면 상당히 공력이 드는 일이다.

1인 출판사나 소규모 출판사라면 모든 직원이 달라붙어서 해야 할 수도 있고, 때로는 마케팅 담당자가 등록 작업을 같이 진행할 여지도 있다. 만약 취업을 고려하고 있다면, 면접 시 이 업무를 담당하는 별도의 직원이 있는지 확인해야 한다. 실수가 일어나서는 안 되는 중요한 업무이지만, PD의 '주요' 업무라고 볼 수는 없고 상당히 고되기 때문이다. 편집 업무만으로도 과중한 마당에 등록까지 하는 건 무리다. 단, 신입 PD가 선배들의 작품 등록을 당분간 담당하게 될 수는 있다. 어쨌든 전자책 제작 업무와 등록 업무를 전담하는 직원이 있다면 괜찮은 환경이다.

그런데 대표가 직접 제작하거나 등록 업무를 전담한다면 대형 사고를 치더라도 직원들이 수습하면서 뭐라 하지도 못하는 상황이 발생할 수 있다. 이는 대표가 무엇을 담당하든 직원들에게 닥치는 일이지만, 실수가 일어났을 때 매출에 막대한 영향을 줄 업무는 대표가 맡지 않는 게 좋다.

작품을 등록할 때는 '매핑mapping'을 반드시 요청해야 한다. 매핑이란 한마디로 한 작가의 작품을 하나의 그룹으로 묶어주는 것이다. 그래야 해당 플랫폼에서 작가 이름을 검색했을 때 그 작가의 작품이 모두 나온다. 기성 작가의 작품을 올릴 땐 이를 잊지 말아야 한다.

이는 일반서도 마찬가지다. 북마녀가 그간 출간한 책을 예로 들어 보겠다. 『북마녀의 웹소설 장면 묘사 실습 강의』(요다)를 등록할 때 매핑을 요청해야 북마녀가 쓴 책들 『억대 연봉 부르는 웹소설 작가수업』, 『북마녀의 시크릿 단어 사전』, 『북마녀의 19금 웹소설 단어 사전』(이상 허들링북스), 『웹소설 큐레이션: 로맨스·로판·BL 편』(에이플랫)의 상품 페이지에 신간이 함께 뜨게 된다.

매핑은 그렇게 오래 걸리는 작업이 아니라 요청 시 바로 적용된다. 그래도 작가가 요구하기 전 출판사에서 알아서 해놓는 센스가 필요하다. 신작 론칭 전후의 작가는 기쁨을 감추지 못하면서도 예민해질 수밖에 없다. 상품 페이지를 계속 체크하다 보니 이런 실수가 생기면 작가가 가장 먼저 알아차리는 사태가 벌어진다. 플랫폼 담당자가 알아서 해주는 경우도 없지 않으나, 담당자가 신경 써서 요청해두면 좋다.

웹소설 작가들이 대부분 필명을 쓰지만 간혹 기성 작가 중 본명처럼 보이는 필명을 쓰는 경우가 있다. 실제로 본명인 경우도 있고 아닌 경우도 있는데, 같은 이름을 쓰는 동명이인이 존재할 수 있다. 매핑이 잘못되면 작품이 뜬금없는 작가와 엮이는 문제가 생기므로 매핑이 제대로 됐는지 담당 PD가 확인 절차를 꼭 밟아야 한다.

해당 작품의 프로모션이 확정됐다면 프로모션 날짜의 사흘 전, 아무리 늦어도 이틀 전에는 작품 등록이 완료되어야 한다. 등록 후 플랫폼의 등급 검수 작업이 끝나야 유통을 시작할 수 있다.

편집 작업을 마무리하고 전자책 등록까지 마쳤는데 플랫폼에서 내용이나 수위를 문제 삼는 등 수정을 요구해오는 일도 드물지 않다. 이럴 땐 작가에게 즉각 고지하고 수정에 돌입해야 한다. 작가 선에서 수위 조정이 쉽지 않다면 PD가 양해를 구하고 수정하기도 한다.

만에 하나 플랫폼 검수를 통과하지 못하면 해당 프로모션이 날아갈 수도 있다. 작가와 PD가 힘을 합쳐 이 문제를 신속하게 해결해야 제 날짜에 유통이 시작될 수 있다.

이렇게 작품 등록까지 완전히 마쳤다면 두근거리는 마음으로 플랫폼의 검수가 얼른 끝나고 유통이 시작되길 기다려야겠다! 이제 PD는 후련한 마음으로 쉴 수 있을까? 작가도 이번 작품에서 해방될 수 있을까? 그럴 리가 있나. 웹소설의 상품화가 순조롭게 마무리됐더라도 PD와 작가는 해당 작품에서 손을 뗄 수 없다. 출간 이후 해야 할 각종 관리와 함께 매출 추이를 지켜볼 시간이다.

웹소설 PD의 실무 A to Z ⑤ : 출간 직후 필수 진행 사항

유통 및 프로모션 확인

플랫폼의 등급 검수가 끝나고 별다른 수정 요청 없이 유통 시작이 확정됐다면, 웹소설 PD는 다음 단계에 돌입해야 한다. 우선 유통이 제시간에 시작되는지 확인해야 한다. 유통이 시작되는 것을 '현시'라 부르기도 하지만 좀 올드한 용어이고 모든 출판사가 이 용어를 쓰지는 않는다.

플랫폼의 문제로 불가피하게 유통이 늦어지는 일도 간혹 있고, 반대로 10시에 오픈하기로 해놓고 자정이나 더 일찍 유통이 시작되는 상황도 빈번하다. 이럴 땐 PD가 작가에게 재빨리 공유해야 한다. 물론 작가 입장에서는 설레는 날이니 새로 고침을 하고 있을 것이다. 그래서 이른 오픈이라면 이미 알고 있겠지만 오픈이 늦어지는 건 당황스러운 일이니 신속한 소통이 필수다.

프로모션 배너가 뜨기 전 유통이 먼저 시작되는 일도 흔하다. 그러므로 배너가 뜨지 않더라도 유통 시작과 함께 프로모션이 작품에 적용됐는지 살펴야 한다. 플랫폼의 착오로 프로모션이 적용되지 않은 채 작품이 오픈되는 일도 종종 있다. 이렇게 되면 프로모션 적용 전에 구매한 사람은 프로모션 혜택을 받지 못하게 된다. 혜택을 받지 못한 구매자의 항의 댓글이나 환불 이슈가 생겨 초반 유통 단계에서 업무적 피로감이 발생할 수 있다. 만약 이와 같은 상황이 확인된다면 즉각 플랫폼에 연락하여 수정을 요청해야 한다. 공식적인 홍보는 반드시 프로모션이 적용된 다음에 시작한다.

플모는 크게 두 가지로 분류할 수 있다. 해당 작품만을 띄워주는 단독 플모, 그리고 여러 종의 작품을 한꺼번에 보여주는 단체 이벤트다. 네이버 시리즈의 매열무(매일 열 시 무료)나, 카카오의 기무(기다리면 무료), 삼다무(3시간마다 무료), 리디의 리다무(리디 기다리면 무료) 등은 그 기간이 얼마나 짧든 단독 플모라 할 수 있다. 리디는 시스템이 확연히 달라서 단체 이벤트에 껴 있어도 홈 화면에 노출해주는 작품이 있고, 그렇지 않은 작품도 있다. 아무래도 신인들의 작품은 묶어서 보여주는 페이지로 넘어가게 된다.

여러 작품이 묶여 있는 플모는 신작 이벤트도 있지만 구작 이벤트도 있다. 작품들의 배치 순서가 사실상 플랫폼에서 인지하는 작가의 레벨이라고 생각해도 무방하다. 가나다순보다는 인기 순위나 인지도가 높은 작가순으로 배치되는 편이다.

다음으로 세심히 살펴야 할 것은 작품 파일이 제대로 올라갔는지 여부다. 상품 페이지에서 파일을 구매해 전부 다운받은 뒤 뷰어에서 열어 오류가 없는지 살핀다. 파일 자체는 멀쩡하더라도 파일이 중복으로 업로드됐거나 내용이 중복되는 실수가 발생하지 않았는지 확인하는 것이다. 이를테면 20화가 들어가야 할 자리에 19화를 올렸을 수 있고, 20화와 21화의 텍스트가 동일한 내용일 수도 있다. 사람이 하는 일이다 보니 이런 실수는 비일비재하므로 반드시 파일 전체를 다운받아 점검해야 한다.

시간상 원고를 하나하나 다 읽지는 못하더라도 회차 번호와 원고 내용이 정확하게 일치하는지 크로스 체크하는 절차는 필수다. 만약 론칭 시점에 100화가 업로드됐다면 해당 회차 모두 확인 작업을 한다.

제작한 파일 자체는 멀쩡하지만 업로드 과정에서 시스템상 오류가 생겨 파일 내용 중 일부가 잘려 보이거나 중간 페이지가 하얗게 뜨는 등의 현상이 발생하기도 한다. 그러므로 회차의 마지막 페이지까지 쓱쓱 넘겨 모든 페이지가 멀쩡한지 확인하는 작업도 필요하다.

엄밀히 말하면 이 사후 작업은 스토리를 잘 알지 못해도 기계적으로 할 수 있다. 그렇기 때문에 담당자가 너무 바쁘다면 편집부의 다른 PD나 전자책 등록 담당자가 파일 점검을 대신 해주는 것도 가능하다.

그러나 문제는 편집 작업에서 잡아내지 못한 오탈자와 틀린 맞춤법이다. 이를 다시 확인하려면 담당자가 직접 하는 것이 훨씬 효율적이다. 오탈자가 있어도 울지 말자. 전자책은 인쇄물이 아니기에 수정 후 다시 올릴 수 있다. 단, 수정 파일을 여러 번 올리는 일이 없도록 한번 고칠 때 이번이 마지막이라 생각하고 신중을 기해야 한다. 자칫 PD의 역량을 의심받는 상황으로 번질 수 있다.

신작 홍보&마케팅

① 작가에게 유통 소식 공유

파일이 멀쩡히 잘 열리고 내부에 별문제가 없다고 판단되면 이제 해당 작품의 유통이 시작됐음을 작가에게 알린다. 전자책 선물이 가능한 플랫폼에서는 작가에게 선물을 보낸다. 물론 이는 담당자의 사비가 아니라 진행비로 지출해야 하는 회사 경비 중 일부다. 일반적으로 연재본은 선물이 불가능하여 작가가 개인적으로 구입해야 한다.

작가 역시 마땅히 홍보의 주체가 되어야 한다. 웬만하면 소셜 미디어를 운영하고 있을 것이다. 물론 작가가 소셜 미디어를 열심히 하지 않거나 해당 장르계에서 인플루언서급이 아니라면 큰 효력이 있긴 않다. 그래도 소식을 인터넷에 올리는 것과 올리지 않는 것은 분명한 차이가 있다. 이를 위해 표지 완성본 파일(jpg)을 작가에게 미리 보내놓는 것도 필수 업무다.

② 소셜 미디어에 출간 소식 공지

그와 동시에 출판사에서는 회사 공식 계정에 작품 출간 소식을 올린다. 이벤트를 꾸준히 하는 출판사도 많다. 일례로 엑스에서는 RT(재게시)를 하는 사람 중 추첨을 통해 커피나 케이크 쿠폰을 증정하는 이벤트를 자주 한다. 그런데 어느 신작에는 이벤트를 걸고 어느 신작에는 안 걸면 무슨 일이 일어날까? 마음 상해버린 작가가 문제를 제기하고 '차별' 논란이 생긴다. 출판사에서 신작 출간 이벤트를 한다면 기준을 잡아 일괄적으로 해야 한다. 그러나 이런 증정 이벤트가 작품 홍보와 매출 향상에 큰 영향을 미치진 않는다. 홍보보다는 오히려 작가 관리에 해당하는 업무다.

웹소설 시장에는 플랫폼의 프로모션을 능가하는 홍보 방법이 존재하지 않는다. 아주 가끔 특정 작품이 특이한 사회적 문제와 연결되어 역주행하기도 하지만, 이는 절대로 흔한 일이 아니다. 소셜 미디어에서 입소문이 나는 작품은 이미 프로모션을 지원받았고 일정 이상의 매출을 올린 베스트셀러일 확률이 높다.

③ 회사 내부에 유통 소식 공유 및 물밑 작업

출판사 역시 기업이므로 상품이 출시됐다면 회사 내부에 소식을 공유해야 한다. 대표 및 유관 부서에 출간 소식을 알린다. 전자책 선물이 가능한 플랫폼에서는 선물하기 기능으로 편집부를 포함한 회사 내부 직원들에게 해당 작품을 선물로 보내는 것도 좋다.

참고로, 시리즈와 카카오페이지에서는 작가가 론칭 인사 댓글을 다는 것이 문제가 되지 않고 어느 정도 보편화된 문화다. 반면, 리디에는 이 문화가 아예 존재하지 않으므로 하지 않아야 한다.

작가가 론칭 인사 댓글을 달면 그 즉시 회사 직원들이 '좋아요'를 눌러서 베스트댓글(이하 '베댓')로 만들어야 한다. 이 작업을 하는 까닭은, 가끔 악의를 가졌거나 불만족한 사람이 악성 댓글을 일찍 달고 그 것이 베댓이 되는 일이 벌어지기 때문이다. 이후에도 댓글난을 주의 깊게 살피고 부정적인 댓글이 베댓이 되지 않도록 최선을 다해야 한다. 엄청난 문제가 발생하는 바람에 걷잡을 수 없이 비난 댓글이 늘어난다면 이를 출판사 차원에서 해결하는 건 불가능하다. 하지만 그런 심각한 상황이 아니라면 악성 댓글이 최소한 첫 번째 베댓은 되지 않게 만드는 것을 목표로 하자. 문제를 제기하는 댓글이 사실상 합당한 비판이라 명백한 '악성 댓글'은 아니더라도 작품 판매에 악영향을 미치는 건 사실이다.

신인 작가의 데뷔작일 경우에는 작가가 가족이나 친구에게 부탁해 댓글을 다는 경우가 왕왕 있다. 이는 PD가 절대로 하지 말라고 미리 주지시켜야 한다. '웹소설 독자가 아닌 사람'이 쓴 것처럼 보이는 댓글은 웹소설 홍보에 전혀 도움이 되지 않고, 오히려 독이 될 수 있다. 작가라면 꼭 기억하고 절대로 이런 요청을 하지 말자.

여기서부터는 아무도 이렇게 한다고 말하지는 않지만 웬만한 업체가 할 수밖에 없는 업무다. 선물 기능이 없는 플랫폼에서 선독점 유통되거나, 연재로만 유통하는 작품은 선물이 불가능하므로 편집부가 각자의 계정으로 해당 작품의 유료 회차를 구매한다. 파일 점검을 위해서라도 어차피 사야 하고, 이를 통해 연독률을 어느 정도 올릴 수 있다. 이 역시 회사 진행비로 지출한다.

별점, 하트, 댓글 등에 관한 작업은 해당 작품의 담당자뿐만 아니라 편집부 내 다른 직원들도 함께 하면 좋다. 다른 부서의 사람들은 의외로 웹소설을 잘 모르므로 댓글까지 쓰라고 강요할 필요는 없다. 특히 연령대 높은 남성 직원에게는 굳이 여성향 작품에 댓글을 달게 하지 않는 편이 낫다. 해당 인물이 대표라 해도 말이다. 아무래도 안 읽은 티가 팍팍 난다.

⊗ ⊖ ⊙ **작가의 답글은 폼이 안 난다**

독자의 댓글마다 작가가 답글을 다는 광경을 간혹 보게 된다. 자유 연재 플랫폼에서야 답글을 달더라도 큰 반향을 일으키진 않지만, 유료 출간이라면 절대 금물이다. 그것이 물의를 일으키는 악성 댓글에 대한 답글이거나, 해명을 위한 작가의 변이라 해도 마찬가지다. 폼이 안 나는 행위를 개인적으로 하지 말자.

몹시 심각한 사안이라 모두에게 알려야 하는 이야기라면 공식 문건으로 잘 정리하여 별도로 '공지'를 하는 게 좋다. 작가와 PD가 함께 소통하여 해당 공지의 내용을 합의한 후 올린다. 작가로서 독자와의 소통을 너무너무 하고 싶어 미치겠는가? 제발 작품 페이지가 아닌 소셜 미디어에서 하자.

---

④ 플랫폼과 추가 프로모션 논의

좋은 프로모션을 지원받은 작품이 심하게 망하는 일은 극히 드물다. 동일한 프로모션을 해도 상대적으로 뒷심이 부족하여 스테디셀러가 되지 못하는 작품이 있을 뿐이다.

해당 작품이 순조롭게 출간되고 매출이 올라간다면 플랫폼 측에서도 호의적으로 논의에 임해준다. 출판사에서 굳이 요청하지 않아도 이용권 추가 지급 등을 플랫폼에서 알아서 해주는 경우가 대부분이다. 만약 플랫폼에서 받은 MG를 순식간에 털어낼 정도로 작품이 크게 흥행했다면 순차적으로 더 받아낼 수 있는 것들이 줄줄이 생긴다.

문제는 큰 프로모션을 지원받지 못한 케이스다. 이 상황이라면 마케팅 담당자가 애써주어야 한다. 하지만 근래 웹소설 업계는 영업력이 통하지 않는 시장이 되었고, 마케팅 담당자라고 딱히 뾰족한 수가 있는 건 아니다. 어쨌든 연재의 경우는 선물함 카테고리에 더 노출될 수 있도록 요청하는 작업이 필요하다. 이런 추가 프로모션은 언제 가능할지 플랫폼이 정확하게 답변해주지 않는 경향이 있다. 그래도 일단 메일을 보내는 움직임을 보였다는 것 자체가 중요하고, 마케팅 진행 상황을 작가한테 알려주어야 한다. 작가가 채근한다고, 그에 따라 출판사가 간곡히 요청한다고 플랫폼 MD가 덥석 프로모션을 해주는 것이 아니니 이 문제로 너무 전전긍긍하지 말자. 특히 작품이 잘되지 못했다면 추가 플모에 너무 연연하지 말고 다음 작품 집필에 돌입하는 것이 미래 지향적인 작가의 자세다. 그래야 마음도 덜 다친다.

미완결 작품 후속 연재 준비

① 연재 주기 결정 및 편집

웹소설 시장에는 연재본으로 출간됨과 동시에 완결화까지 업로드되는 작품과 미완결 상태로 최소 론칭 분량만 출간한 다음 이후 분량을 주기적으로 업로드하는 작품이 있다. 후자는 완결화까지 작가가 탈고하지 않은 이상 집필과 편집이 실시간으로 이루어지곤 한다.

주 7일 연재가 주 5일 연재보다 매출 유지에 도움이 되는 것은 사실이다. 그러나 어느 쪽이든 PD가 강요할 필요는 없다. 서로의 일정과 체력에 맞춰 조율하는 것이 바람직하다.

만약 작가의 건강 상태나 개인 사정으로 인해 잦은 연재가 당분간 어렵다면 휴재하는 게 낫다. 주 1회, 주 2회 이런 식으로 너무 적은 회차를 찔끔찔끔 올리기보다 한 달 푹 쉬고 힘내서 다시 주 5회 연재를 시작하는 편이 효율적이고 효과적이다. 연재 주기의 변경이나 휴재 등 변동 사항이 생길 땐 PD가 반드시 상품 페이지에 공지를 올려 독자에게 정보를 전달한다. 어쨌거나 작가 스스로 집필 및 연재본 업로드에 악영향이 없도록 건강과 신변 관리를 잘하는 일이 우선이다.

② 외전 진행 논의

외전은 잘된 작품에 한하여 제작하는 것이 원칙이다. 본편의 매출이 잘 나온 경우, 외전을 추가로 덧붙이면서 외전 자체의 매출뿐만 아니라 다시금 본편의 추가 매출을 일으키는 기능을 한다. 또한 리디 쪽에서 유통하는 단행본의 경우, 본편과 외전을 합친 세트를 만들어 마크다운(장편 세트 재정가 할인 이벤트)에 들어갈 수도 있다.

잘되지 않은 작품 역시 외전을 만들어 추가 매출을 일으킬 수 있겠지만, 최초 유통 당시 잘되지 않았다는 사실이 데이터로 확인되기 때문에 잘된 작품의 외전 출간보다는 확연히 그 효과가 떨어진다. 플랫폼의 반응도 미적지근할 것이다.

외전을 유통하는 시기는 본편 완결화가 업로드된 후 최소 1개월 정도는 여유를 두어야 효과적이다. 본편으로 충분히 추가 프로모션을 지원받은 다음 외전을 준비했다고 플랫폼에 새로이 소식을 전하며 주의를 환기하는 것이다. 본편이 아주 잘되고 있다면 굳이 일찍 제작할 필요가 없다. 이 경우 길게는 1년까지 여유를 두었다가 외전을 출간해도 괜찮다.

1차 유통 이후 전 서점 유통 관리

현재 어떤 플랫폼이든 연재본은 주요 프로모션의 기간이 길고 최초 출간 플랫폼에서의 독점 기간이 1년 이상 유지되는 실정이다. 연재가 아닌 단행본으로 선출간하는 경우, 짧게는 한 달, 길게는 수개월이 될 수 있다. 그래도 시간이 지나면 언젠가는 모든 서점에 유통된다.

이렇게 최초 출간 기간이 끝나기 전, 2차 유통을 어디서 할지 생각해볼 필요도 있다. A플랫폼에서 잘된 작품은 B플랫폼에서 2차 유통을 탐내며 먼저 제안하곤 한다. 제안이 오지 않는다면 출판사에서 제안해야 한다. 이때 외전을 만들어 2차 유통에 도움이 될 만한 요소를 얹어주는 전략도 가능하다.

연재본 유통이 완전히 끝난 후에는 완결화까지 모아 단행본으로 출간하는 작업이 진행되어야 한다. 연재 당시 잘된 작품은 단행본 출간으로 별도의 프로모션을 지원받을 수도 있으니 무조건 전 서점에 유통하기보다는 단행본 출간으로 무엇을 받을 수 있는지 플랫폼 측에 확인해보는 것이 좋다.

또한 편집 업무가 아무리 바쁘더라도 자신이 담당하는 작가의 작품이 전 서점에 잘 유통되는지 반드시 살펴야 한다. 사람이 하는 일이다 보니 업로드 담당자가 전 서점 등록을 놓칠 수도 있고 등록해놓고 보고를 잊을 수도 있다. 추가 유통이 진행될 때마다 해당 작가한테 소식을 공유하는 것 역시 PD의 일이다.

반대로, 작가는 PD가 전 서점 유통 얘기를 별도로 안 해준다면 고민만 하지 말고 바로 물어보자. 유통 관련 문의를 하는 건 실례도 아니고 진상도 아니다. 작가가 당연히 공유받아야 할 사항이다. 끙끙 앓으면서 익명 커뮤니티에서 넋두리하지 말고 담당자한테 물어보는 게 제일 빠르다.

심사 통과 시, 플랫폼이 출판사에 우선 요구하는 것은 해당 작품의 최초 독점 유통이다. 이것이 이른바 '선독점'이다. 작품이 가장 처음 공개되는 플랫폼에서 최소 수주 혹은 더 오랜 기간 독점으로 유통되는 것을 말한다. 이 기간에는 다른 플랫폼에서 해당 작품을 유통할 수 없다. 여기서 웹소설 시장의 해묵은 문화인 MG(미니멈 개런티) 문제가 엮이게 된다.

심사 신청이 들어온 작품이 괜찮다고 판단되면 플랫폼은 MG를 선지급하는 대가로 해당 작품의 유통 수수료를 높인다. 이로 인해 출판사와 작가의 수익은 낮아진다(이 수수료 문제와 관련해 수년 전 국정 감사에서 카카오엔터테인먼트가 언급되며 대중적으로 알려진 바 있으나, 비단 카카페만의 문제는 아니다).

해당 작품이 론칭한 후 대박이 터져서 MG가 순식간에 '탕감'되면 플랫폼이 MG를 계속 추가 지급하는 식으로 독점 유통을 이어가기도 한다. 최초 계약을 계속 갱신하거나 새로운 계약서를 쓰면서 말이다. 여기서 굳이 MG를 더 주는 이유는 앞에서 언급했듯이 높은 수수료를 유지하기 위해서다. 물론 이 문제가 모든 사이트, 모든 장르에 해당하는 건 아니다.

최초 독점, 선독점은 1차 독점이라 불리기도 한다. 선독점 기간이 지난 후 다른 사이트에 유통될 때, 모든 사이트에 한꺼번에 뿌리는 것이 아니라 2차 독점이라는 명목으로 순차적으로 유통하는 경우가 많기 때문이다.

비교적 기반이 약한 플랫폼들은 출판사에 역으로 2차 독점을 제안한다. 애초에 이 플랫폼들은 자신에게 히트 예정작의 1차 독점 기회가 오리라는 생각 자체를 하지 않는다. 이 회사들은 메이저 플랫폼들의 1차 독점작을 유심히 살피며 기회를 노린다.

PD는 이렇게 들어오는 제안 속 혜택을 비교해 더 좋은 지원을 해주고 가급적 그중에서 우위인 사이트를 선택해 2차 유통을 내보내면 된다. 모든 장르가 다 이러는 건 아니고 선독점 기간이 타 장르에 비해 짧은 여성향 19금 작품이 이렇게 진행되는 편이다.

메이저 플랫폼이라 할 수 있는 카카오페이지, 네이버 시리즈, 리디에서는 자사에 2차 독점으로 작품이 들어오는 상황을 좋아하지 않는다. 이에 대한 명확한 정책을 세우지 않은 대신, 작품의 급에 따라 전략을 달리한다. 예를 들어 시리즈에서 오랫동안 독점 유통됐던 작품이 2차로 카카페에 들어간다고 해도 카카페에서 대단한 프로모션을 해주진 않는다. 그러나 출판사에서 열심히 어필하면 MD가 무료 이용권 선물함을 끼워주는 등 작더라도 추가 플모를 진행할 수 있다. 물론 작품이 1차 독점 사이트에서 잘됐다는 전제가 따른다. 때로는 19금 버전을 만들어 19금 강자인 리디에서 어필할 수도 있다.

중요한 건 1차 독점 성적이다. 첫 번째 독점 유통 사이트에서 프로모션을 지원받았다면 MD의 심사를 통과했다는 뜻이고 그렇다면 일정 기준을 넘어섰다는 의미다. 그러나 같은 플모를 하고도 생각보다 독자들의 반응이 약한 경우가 있으므로 매출이 잘 나오는 건 별개의 문제다. 선독점 플랫폼에서 잘되어야 이후의 유통이 일사천리로 순조로워지고 출판사의 영업도 시원하게 통한다.

2차 유통 플모를 준비하는 지점에서 '망작'의 작가가 PD에게 과도한 요구를 할 수도 있다. 히트작의 2차 유통 플모가 약한 경우는 거의 없다. 1차 독점 때 매출이 잘 나오지 않았는데 작가를 위로한답시고 잘 팔린 것처럼 포장한 다음 2차 유통 플모를 제대로 지원받지 못하면 작가가 '출판사가 일을 제대로 못한다'고 생각해버릴 수 있다. 실제로 이런 상황이 흔하게 발생한다. PD는 돌려 말하든 직설적으로 말하든 작가에게 사실을 알려야 한다. 다시금 강조하건대, 1차 독점 때 확실하게 폭삭 망한 작품은 출판사에서 무슨 영업을 해도 이후 매출을 살리기 힘들다.

담당 작가의 차기작 관리

대부분의 출판사 대표들은 당장의 수익을 내는 작가에게만 관심을 준다. 매출을 올리지 못하는 작가한테는 관심이 없을 뿐만 아니라 일종의 '불필요한 지출', '경비 낭비'로 여긴다. 그러나 이런 행동은 앞을 내다보지 못하는 태도이며 장기적으로 회사의 미래에 도움이 되지 않는다.

PD가 판단하기에 가능성 있어 보이거나 이전 작품 경력이 괜찮은 작가라면, 작가가 절필하지 않는 이상 연을 이어가며 계속 작품을 내는 것이 바람직하다. 예를 들어 홍길동 작가가 작품 A(데뷔작)를 우리 회사에서 냈지만 큰 성과를 올리지 못했다고 가정해보자. 매출이 높지 않았다고 해당 작가의 차기작에 관심을 주지 않는다면(사실상 버린다면) 글쓰기를 포기하지 않은 홍길동 작가는 다음 작품 B를 다른 회사와 계약하게 된다. 그런데 이후 작품 B가 대박이 난다면? 실제로 데뷔작부터 성적이 잘 나오는 경우는 드물고, 서서히 올라가 몇 번째 작품에서 잭팟이 터지는 일이 비일비재하다. 그제야 홍길동 작가한테 세 번째 작품을 우리와 계약하자고 제안한다면 작품 A 때문에 서운한 마음이 가득한 작가가 과연 우리 회사의 제안을 받아들일까?

반대로, 다른 회사에서 매출을 올린 전적이 있는 작가를 높은 계약금을 주고 모셔 왔는데 우리 회사에서 낸 작품이 생각보다 안 터지거나 폭삭 망하는 경우도 부지기수다. 성과가 좋지 않다고 이 작가를 버릴 수 있을까? 그러면 작가들 사이에서 안 좋은 소문이 자자하게 날

것이다. 한번 비즈니스로 인연을 맺었다면 작가가 도망가지 않는 이상 계속 이어가는 게 좋다.

이번에 론칭한 작품의 매출이 가파르게 상승하여 높은 순위에 오른다면 다른 업체에서도 적극적으로 작가에게 연락을 취할 것이다. 출판 계약은 한 작품만을 대상으로 하는 계약이기에 작가는 한 회사에 묶여 있지 않다. 그러니 작가에게 신속히 연락해 차기작 계약을 제안한다. 이전에는 온라인으로만 소통했더라도 이 타이밍에는 오프라인 만남을 적극적으로 제안하고, 일종의 '출간 성공 축하 파티'를 하면서 라포르rapport(사람과 사람 사이에 생기는 상호 신뢰 관계)를 형성해도 좋다.

미리 회사 내부 결정권자에게 계약 조건을 이 정도로 높여주겠다고 확인을 받아둔다면 금상첨화다. 높은 매출을 일궈낸 작가가 '인세 비율을 올려달라', '선인세를 얼마로 해달라'고 굳이 말하기 전에 먼저 상향된 조건으로 제안하는 것이 바로 센스 있는 PD의 자세다. 작가 입장에서는 돈 얘기를 꺼내기가 생각보다 쉽지 않고 민망하다고 느낄 수 있다. 돈 얘기를 안 한다고 대우를 그만큼 해주지 않는다면 서운한 감정이 쌓일 것이다. 반대로, 작가라면 해당 회사와 차기작을 계약할 때 당연히 협상할 준비를 해야 한다. 돈 얘기를 두려워하거나 부끄러워하지 말자. 좋은 성과를 얻었다면 당당해져도 된다. 작가가 솔직히 말해 줘야 PD도 속 편하고 회사의 허락을 받기에도 수월하다.

출판사 입장에서는 잘될 기미가 보일 경우(아주 좋은 프로모션을 지원받았을 때) 아예 론칭 전에 차기작 계약을 서두르는 것도 좋은 방법이다. A급 이상의 작가들은 출판 계약을 여러 종 묶어서 하기도 한다. 이렇게 하면 선인세를 목돈으로 받을 수 있다. 회사에 여윳돈이 충분하다면 좋은 작가들의 차기작을 계약하고 기다리는 것이 장기적으로 좋은 전략이다.

⊗ ⊖ ⊙   **웹소설의 무한 IP 확장과 PD가 할 일**

지금까지 '출판' 중심으로 웹소설 PD의 실무를 소개하며 그 사이클 안에서 작가가 알아두고 주의해야 할 사항을 정리해보았다. 웹소설 출판사의 업무 범위는 훨씬 더 확장되어 있다. 웹소설이 각종 콘텐츠 사업으로 퍼져나갈 수 있기 때문이다. 아무리 다른 부서, 다른 회사에서 IP 사업을 주관하더라도 그들에게 굿을 온전히 맡기고 떡만 얻어먹는 건 불가능하다. 결국 오리지널 IP인 웹소설을 가장 잘 아는 담당 PD의 손을 탈 수밖에 없다.

① IP 사업 확장을 위한 서류 준비

근래 웹소설을 원작으로 웹툰뿐만 아니라 드라마나 영화, 예능 프로그램, 그리고 게임까지 제작되고 있다. 하지만 다른 분야 제작사들은 오리지널 IP에 관해 잘 알지 못할 가능성이 크다. 한마디로 웹소설 업계 사람의 시선에서 드라마 관계자는 대부분 '머글'('덕후'가 아닌 일반인)이다. 웹소설에 문외한인 그들에게 웹소설 작품에 관해 보다 더 구체적으로 알릴 필요가 있다. 이에 따라 담당 PD가 서류를 상세하게, 또한 해당 분야에 걸맞게 작성한다면 IP 확장이 아주 수월하게 진행될 것이다.

최근에는 정부 기관에서도 웹소설 IP에 관심이 많아 투자 및 지원을 많이 해준다. IP 사업을 위한 서류를 준비해두면 정부 지원 사업을 따낼 때도 재차 활용하기 좋다.

- 작품 소개서

작품 소개서는 해당 작품이 웹소설 플랫폼에 론칭된 시점에 이미 작성되어 있을 것이다. 굳이 새로 쓰지 않아도 되고, 그 문서에 필요한 항목을 덧붙여도 무방하다. 대신 타 분야에서 중요시하는 기획 의도, 로그 라인 등을 추가하면 도움이 된다. 론칭 시점과는 달리 IP를 확장하고자 할 때는 이미 히트한 작품을 소개하는 경우가 대부분이다. 그러므로 매출 기록, 웹소설 시장에서의 순위 기록 등을 간단히 정리하여 홍보 문구로 첫 페이지 맨 앞에 달아두면 더욱 눈에 띌 것이다.

- (회차별) 트리트먼트

작품 소개서에는 간단한 줄거리가 첨부되어 있을 것이다. 그러나 론칭 때 상품 페이지에 올라가는 줄거리에는 반전을 포함한 갈등 해결 구간 및 결말이 나와 있지 않다. 미리 스포일러를 공개할 수는 없는 노릇이니까.

이미 성공한 작품의 IP 사업 확장을 위해서는 결말 내용까지 제작사에 알려야 한다. 관계자에게 웹소설 작품을 직접 읽어보라고 할 수도 없고, 그들이 초장편을 읽고 있을 시간도 없다. 물론 읽는 실무자도 있겠지만 대체로 제작비를 투자하는 결정권자가 작품을 직접 읽는 일은 흔하지 않다. 웹소설 출판사에서 결말을 포함한 트리트먼트를 작성하여 보낸다면 원활한 진행에 보탬이 될 것이다. 트리트먼트 작성 시, 회차별로 만들어두면 작성하는 사람도 읽는 사람도 편하다.

단, 실제로 드라마가 만들어질 땐 반드시 그 회차별 트리트먼트대로 진행되지는 않는다. 웹소설은 최소 70화가 넘는 장편이지만, 드라마는 보통 16부작에서 길어야 20부작, 최근에는 더 짧아져서 10~14부작도 많이 제작된다. 이 간극을 채우기 위해선 심한 각색이 들어갈 수밖에 없다. 〈재벌집 막내아들〉처럼 작품의 근간을 뒤흔드는 각색이 진행된다면 곤란하겠지만, 이는 흔한 사례가 아니다(너무 심각한 문제적 사례로 남았기에 앞으로 이렇게 고쳐지는 일은 없을 듯하다). 대체로 크게 무리가 가지 않는 선에서 수정 및 삭제되기 때문에 IP 원작자인 작가 역시 이를 감안하고 받아들이는 게 낫다.

② 웹툰 팀·업체와의 협업

웹툰이 제작된다면 웹소설 원작을 담당했던 PD가 중간에서 소통하는 역할을 맡는다. 만약 웹툰 업체가 따로 지정됐다면 그 업체의 웹툰 담당 PD와 협업하게 된다. 외부 업체와 일하는 상황에서는 웹소설 PD가 원작 작가에게 캐릭터 시트 및 프롤로그와 웹툰 본편 원고를 계속 전달하고 작가의 의견을 정리하는 업무까지 진행하게 될 것이다.

회사 분위기나 업체의 상황에 따라 웹툰 스튜디오와 원작 작가가 직접 소통하고 웹소설 PD는 진행 상황만 공유받는 경우도 없지 않다. 그런데 이렇게 되면 자칫 어떤 문제가 일어났을 때 출판사에 위험한 상황이 발생할 수 있다. 여기서 문제란, 웹툰 스튜디오가 웹소설 제작을 호시탐탐 노리면서 작가가 유출된다거나, 스튜디오와 작가의 소통이 잘되지 않아 오해를 빚고 갈등이 생기는 등 관계적으로 복잡하고 피곤한 상황을 말한다. 그러므로 원만하면 웹소설 PD가 중간에서 조율하는 편이 안전하다.

같은 출판사 내 웹툰 제작 부서가 있다면, 해당 부서의 동료와 협업하는 구조다. 같은 직장 내 옆 부서인 웹툰 팀이라면 앞에서 언급한 우려를 할 필요가 없다. 해당 작품의 웹툰화를 맡게 된 웹툰 PD에게 원작 작가를 연결해준 다음, 진행 상황을 공유받고 중간중간 살피면 된다.

웹툰 PD보다는 웹소설 PD가 작가를 먼저 알고 오래 소통해왔기에 아무래도 작가가 웹소설 편집부에 마음이 조금 더 열려 있을 수밖에 없다. 문제가 생겨도 작가가 말하지 못하는 일이 종종 있으므로 웹소설 PD가 중간에서 적당히 조율해야 한다.

이번 파트에서는 일반서 시장과는 확연히 다른 웹소설 업계의 시스템에 관해 두루두루 살펴보겠다. 웹소설 시장으로 새로이 진입하려는 출판사 대표나 종이책 편집자라면 크게 놀랄 수도 있다. 그만큼 차원이 다른 정보들을 뽑아보았다.

한편으로 웹소설 PD들은 입이 참 무겁다. 직장인으로서 작가에게 하나하나 설명하기 힘든 문제도 있고 실무적으로 회사 기밀에 해당하는 점도 분명히 있다. 그래서 출간작이 1, 2종 정도밖에 안 되는 작가라면 여전히 잘 알지 못할 수 있고, 데뷔 전인 지망생은 아예 모르는 내용일 것이다. 작가로서 계약과 출간을 해봤더라도 특정 업체 한 곳과 작업한 것이라면 그 경험은 해당 업체, 해당 담당자에 한정된 경우일 가능성이 있다. 이번 파트를 꼼꼼히 챙긴다면 왕초보 작가 지망생들도 계약을 앞두고 커뮤니티의 명확하지 않은 익명 댓글에 의존할 필요가 없을 것이다.

PART 3

상상 초월 웹소설 PD의
속사정

모르면 다친다!
웹소설 업계의 시스템과 불문율

인세 비율은 70%부터

결론부터 말하자면 신인 70%, 기성 작가 80%를 기준으로 여러 가지 조건을 조율한다. 출판사가 아니라 작가 쪽이 70~80%다. 일반서 출판 관계자라면 이 수익 배분율에 식겁할 것이다. 실제로 만난 일반서 쪽 대표 중 이 숫자에 입을 안 벌리는 이가 없었고, 수익 배분이 부담스러워 결국 웹소설 출판을 포기한 업체도 꽤 있었다. 일반서 시장에서는 작가 인세 비율이 10% 내외다. 웹소설 시장의 현황이 이러한데, 여기서 10%를 얘기하고 있으면 신인 작가들도 코웃음을 칠 것이다.

투고 기준으로 2015년경에는 신인은 60%인 곳도 꽤 많았고 간간이 50%까지 내려가는 곳도 있었으나, 현재는 70% 미만으로 떨어지는 경우는 거의 없는 것 같다. 70% 미만인 업체는 대부분 블랙 기업이라는 소문이 돌고 신인들도 피한다. 게다가 출간작이 없는 신인이어도 조아라나 문피아에서 투베 1위를 한 작품이라서 컨택을 했다면 70%를 줄 수는 없는 노릇이다. 이렇게 임팩트 강한 데이터를 보유한 신인의 작품은 최소 80%부터 시작한다고 봐야 한다.

어느 정도 잘 팔리는 A급 기성 작가와의 계약은 80~85%가 기준이고, SSS급에 해당하는 대형 작가라면 90%까지도 있으나 이는 회사의 정책과 규모에 따라 달라진다. 90%를 받는 작가는 웹소설 업계에서도 그리 많지는 않다. 그렇다고 적지도 않다.

수익 배분율을 9:1로 할 경우 회사가 얻는 수익이 너무 적어져서 출판사 입장에선 이러지도 저러지도 못할 상황이 된다. 그 이상으로 작가의 인세 비율이 높아지는 건 현실적으로 불가능하므로, 보통은 80%나 85% 선에서 다른 지원 조건을 추가로 내미는 방향으로 진행하게 된다.

웹소설 시장의 수익 배분이 이토록 작가 친화적인 까닭은 무엇일까? 첫째, 제작비가 거의 들지 않기 때문이다. 웹소설을 만드는 데는 내부와 외부 인력의 인건비가 가장 크게 든다. 인건비와 회사 경영 관련 비용만 들어가므로 인쇄, 제본, 물류 등의 과정이 발생하는 종이책에 비해 순수익이 높다. 잘 팔리면 증쇄를 거듭해야 하는 종이책과는 달리 웹소설은 전자책 파일이 존재하는 한 '추가 제작비'가 아예 들지 않는다. 또한 계약 시 선인세 금액을 크게 지급하더라도 종국에는 론 칭 후 회수되는 비용이다.

둘째, 웹소설 시장의 규모가 커지면서 업체 수도 기하급수적으로 늘었고, 그리하여 업체의 경쟁이 치열해졌기 때문이다.

셋째, 작가에게 80%를 주더라도 웹소설 시장의 대형 작품은 회사의 수익이 충분히 크기 때문이다.

작가에게 유리한 수익 배분은 좋은 작가를 잡기 위한 기본 원칙이자 가장 쉬운 방법이다. 작가라면 당연히 80%를 내미는 업체보다 90%를 제안하는 업체에 더 끌릴 것이다. 기성 작가든 신인이든 심하게 후려치기를 시도하는 업체와는 굳이 계약할 필요가 없다.

투명하고 빠른 정산 시스템

웹소설의 정산은 기존 출판 시장과 다르게 운영된다는 점을 잊지 말아야 한다. 종이책 업체들은 다양한 방식으로 정산을 진행하고 있다. 작가에게 인세 내역을 한 달에 한 번씩 보내는 일반서 출판사는 흔하지 않다. 분기, 반기, 혹은 일 년에 한 번 지급하기도 하고, 재쇄를 찍을 때마다 발행 부수를 계산하여 지급하는 경우도 있다. 잘 팔려서 N쇄를 찍는다면 인세를 지급할 일이 많겠지만, 그렇지 않은 책의 저자는 인세 받을 일이 요원해진다.

웹소설 시장에서는 한 달에 한 번이 기본이고 이것이 절대 원칙이다. 인세 내역 발송과 함께 인세 지급 역시 무조건 매달 진행된다. 다만 매출 내역이 정리되고 플랫폼에서 돈이 들어와야 지급이 가능하므로 보통 출간 월의 익월부터 내역 발송, 익익월부터 인세 지급이 시작된다. 이는 출판 계약서에 명시되는 조항이므로 계약 시 반드시 주기를 확인해야 한다.

분기별 발송 및 지급하는 회사가 없진 않으나 시장 전체적으로 이를 아주 부정적인 시선으로 바라본다(2024년 기준 극소수이고, 종이책 기반의 출판사이며, 이후 바뀌었을 수 있다). 웹소설 출판사를 운영하고 싶다면 직원 월급 주듯이 다달이 계약 작가들한테 저작권료를 내보내는 방식을 기본값으로 생각해야 한다.

인세 내역 시스템이 놀랍도록 투명한 것도 웹소설 시장의 특성이자 장점이다. 일반서 시장과 달리 이것이 가능한 까닭은 어느 플랫폼에서 얼마큼 팔렸다는 데이터가 하나하나 매일 집계되기 때문이다. 출판사는 CP센터를 통해 이를 매일 확인할 수 있다. 이 데이터를 '원장부'라 하며, 작가가 원장부를 요구하면 출판사는 이에 응해야 한다. 방법은 간단하다. 업체가 작성하는 형식이 아니라 플랫폼의 CP센터에서 보이는 화면을 그대로 캡처하여 작가에게 전달하면 된다. 종종 작가에게 장난질하다가 걸리는 종이책 업체들의 행태가 기사화되곤 하는데, 이런 출판사들은 웹소설 시장에 들어오는 게 불가능하다.

물론 작가의 요구에도 원장부를 보여주지 않는 회사가 웹소설 시장에 없지는 않았다. 보통 회사가 엄청난 부정행위를 하고 있는 경우였고, 이것이 밝혀지면 소셜 미디어에서 폭로됨과 동시에 매장당하니 주의해야 한다. 한데 작가로서 매달 원장부를 보여달라고 요구하는 건 해당 업체를 신뢰하지 않는다는 뜻이다. 그렇다면 그 업체와 군이 일할 필요가 없지 않을까? 고통받지 말고 신뢰할 수 있는 회사를 찾아 옮기길 바란다.

2020년 전까지만 해도 내부 경영지원팀(혹은 회계팀)에서 판매 내역 및 인세 지급 내역서를 정리하는 곳이 많았으나 이제는 전자 시스템을 구축하는 업체가 늘어나고 있다. 작가가 로그인하여 들어가면 매달 인세 내역이 쭉쭉 나올 뿐만 아니라, 각 플랫폼에서 얼마나 판매됐고, 비중이 어떻게 되는지, 어느 작품이 인기 있는지 확인 가능한 사이트를 운영하는 것이다. 1인 출판사로 처음 시작했다면 군이 이런 프로그램을 쓸 필요는 없으나 중견 회사라면 필수다. 작은 규모라고 해도 관리하는 작가가 많다면 전자 시스템을 구축해야 한다.

선인세(선급금) 받는 작가가 다수 존재

선인세(선급금)는 말 그대로 '선'지급하는 인세다. 일반적으로 계약한 달 말일이나 익월에 지급한 후, 해당 작품이 유통되고 인세가 발생하는 첫 달에 선급금을 공제한다. 만약 작품이 잘 팔리지 않는 불운한 상황이 발생한다면 선급금이 다 차감될 때까지 작가에게 인세가 지급되지 않는다. 선급금이 전부 공제되고 나면, 이후부터 지급되는 구조다.

만약 선인세 지급이 완료된 상태로 작가가 계약 파기를 요청한다면, 그 선인세는 반드시 출판사에 돌아와야 한다. 돌려주지 않을 경우 업체는 작가에게 법적 조치를 취할 수 있다. 선인세를 받고 잠적하는 작가 역시 마찬가지다.

일반서 시장에서는 선인세를 지급하는 일이 많지 않고, 특히 큰 금액의 선인세가 오가는 일이 대형 작가 외에는 흔하지 않다. 그러나 웹소설 시장에서는 선인세 지급이 자주 이루어진다. 비유하자면, 일반서 시장에서 선인세를 받는 저자가 열 명일 때 웹소설 쪽에서 선인세를 받는 저자는 백 명인 셈이다.

선인세 금액은 수백만 원이 기본이요, 수천만 원이 오가는 상황도 부지기수다. 금액은 작가의 인지도에 따라 달라진다. 출판사로서는 신인한테 기백만 원을 줄 필요까진 없다. 단, 앞에서 언급했듯이 조아라나 문피아 투베 1위작인데 신인이라고 선인세를 안 준다면 다른 업체와의 치열한 컨택 경쟁에서 우위를 점할 수 없지 않겠는가.

그런데 선인세를 공돈으로 생각하는 신인 작가가 가끔 있다. 선인세는 공돈이 아니며, PD는 이를 확실히 인지시켜야 한다. 계약서에 분명히 적혀 있는 내용임에도 불구하고 대충 읽고 착각하는 지망생이 흔하다. 실제로 빚은 아니지만 기성 작가들은 계약과 선인세를 '글빚'이라 부른다. 선인세를 갚아야 할 빚이라고 생각하고 부지런히 집필에 매진하는 작가만이 쑥쑥 커나갈 수 있다.

간편한 판매 중지 처리

원칙적으로 출판권 및 배타적 발행권이 소멸한 날부터는 저작물 판매를 즉시 중단해야 한다. 종이책은 아무래도 재고가 남아 있을 수밖에 없어서 계약 기간 만료일 이전에 이미 인쇄된 재고 도서는 출판권 소멸 후에도 계속 배포할 수 있다. 이는 계약서에도 주요 조항으로 명시되어 있다.

하지만 웹소설은 종이책이 아닌 전자책을 판매하는 것이니 상황이 완전히 다르다. 판매 중단 업무가 어렵지 않고 시간이 오래 걸리지도 않는다. 플랫폼의 '판중'(판매 중지) 처리는 절대로 느리지 않다. 다시 말해, 작가 입장에서는 계약을 해지했는데 '판중' 처리가 수개월간 안 되고 있다면 그건 그냥 그 회사에서 늑장을 부리고 있다는 뜻이니 강하게 항의해야 한다.

작가와 계약 해지 합의 후 각 플랫폼에 판매 중지를 요청하면 순차적으로 판매가 중단된다. 정책에 따라 판매 중단 예고를 미리 한 다음 여유를 두고 중지 처리가 이루어지는 곳도 있다.

그런데 웹소설 플랫폼에서는 판매 중지 처리가 완료되면 상품 페이지 자체가 사라져버린다. 판매가 중단되더라도 상품 페이지가 보존되는 종이책 온라인 서점과는 완벽하게 다른 모습이다. 상품 페이지가 사라지면 쌓아놓은 데이터(별점, 별점 수, 리뷰 등)가 전부 날아간다. 잘된 작품이라면 이 데이터가 전부 사라지는 것이 상당히 부정적인 이슈다. PD는 되도록 작가에게 이를 살려놓자고, 즉 계약을 유지하자고 설득해야 한다.

작가가 다른 출판사에서 해당 작품을 다시 출간하려고 계약을 해지하는 경우도 있다. 카카오페이지의 경우 상품 페이지를 그대로 유지한 채 담당 출판사만 '이관'하는 작업이 가능하다. 그러나 업체 이관이 시스템적으로 불가능한 플랫폼도 존재하기 때문에 작가에게는 리스크가 분명히 있다.

이때, 원고 자체는 저작권자의 것이지만 제작물 데이터는 출판사에 귀속된다. 즉, A사에서 만든 표지와 편집한 전자책 파일을 B사가 그대로 가져가려면 반드시 상호 합의가 필요하다. 애초에 표지에 출판사 로고가 찍혀 있으므로 업체가 바뀌면 '표지 갈이'를 하는 것이 일반적이다. 만약 출판사를 옮기면서 동일한 일러스트를 쓰고 싶다면 이전 출판사, 일러스트레이터와 모두 합의해야 한다. 모든 합의가 완료되었다면 옮긴 출판사 측에서 원본 일러스트 파일을 토대로 제목과 출판사 로고를 얹어 표지를 새로 디자인한다.

대다수의 작가가 초기작을 부끄러워한다. 일종의 '아픈 손가락'이랄까? 계속 글을 쓰고 작품을 출간하고 있다면 필력은 우상향한다. 이미 성장한 상태로 과거에 쓴 작품을 보면 당연히 형편없다고 느낄 수 있다. 또 초기작이 높은 매출을 기록하는 일 역시 흔하지 않으니 민망한 나머지 저조한 매출 이력을 숨기고 싶은 마음이 들기도 한다. 때로는 업체와 트러블이 생겨 관계를 끊기 위해 유통 종료를 원하는 상황도 은근히 발생한다.

그러나 이러한 이유로 해당 작품을 '판중' 처리하여 상세 페이지가 사라지면 플랫폼 데이터에서도 완전히 삭제되므로 장기적으로 문제가 될 수 있다. 개인사 문제로 절필하다시피 하여 몇 년간 출간작이 없다가 모처럼 신작을 냈을 때 MD가 바뀌었다면 그 작가를 아예 모를 수 있다. 그러므로 작품 수가 넉넉하지 않다면 되도록 살려두는 편이 좋다.

초기작을 다시 써서 재출간하겠다는 의지를 피력하는 작가도 다수 있다. 그러나 현재 좋은 필력을 가지고 있다면 이미 '구작'이 되어버린 초기작은 과거의 추억으로 놓아주길 바란다. 한번 시장의 손을 탄 구작을 제목 바꾸고 갈아엎어서 내놓았을 때 프로모션을 못 받을 수도 있고 다시금 망할 수도 있다. 출판사 입장에서도 제작비와 인력은 똑같이 들면서 결과는 더욱 보장할 수 없는 상황이 되는 것이다. 깔끔하게 신작에 집중해야 더 좋은 결과를 얻을 수 있다.

웹소설의 종이책 계약

종이책은 웹소설 시장에서 필수가 아니다. 과거에는 종이책에 대한 로망을 가진 작가가 꽤 있었다. 그래서 종이책 출간이 특징적인 지원 조건이 될 수 있었다. 실제로 웹소설 출판사가 웹소설을 종이책으로 출간하면 딱히 돈이 안 된다. 그럼에도 불구하고 A급 이상 작가들을 잡기 위해 내놓는 추가 조건이 됐다.

실제로 A급, S급 작가들이 새로운 출판사와 계약할 때 종이책을 내달라고 요구하는 일이 많았고, 신작 계약을 위해 울며 겨자 먹기로 진행하는 업체도 상당수였다. 이 경우 어차피 종이책이 그다지 팔리지 않기 때문에 1쇄만 조금 찍고, 부수를 계산해 인세를 내보내는 식으로 진행되곤 했다. 이때 안 팔린 종이책 재고는 업체에서 떠안는 구조이고, 작가들은 이를 전혀 신경 쓰지 않았다. 여기까지가 2020년 초까지 일반적인 웹소설 업체들이 일을 진행해온 패턴이다.

그런데 최근에는 상황이 달라졌다. 밀리언셀러 웹소설 작품이 셀 수 없을 만큼 늘어나고 팬덤이 탄탄해지면서 종이책을 소장하고자 하는 독자의 욕구도 커진 것이다. 장르별, 시즌별로 인기작이 넘쳐흐르다 보니 종이책을 출간하는 업체가 폭발적으로 증가했다. 그리하여 선풍적인 인기를 끌고 있는 웹소설 작품들이 웹에서만 유통되는 것이 아니라 종이책으로도 제작되며 큰 관심을 끈다. 각종 굿즈를 더한 초판 세트가 크라우드 펀딩 사이트에서 어마어마한 후원 금액을 달성하는 일도 비일비재한 세상이다.

대외비도 공유하는 작가 커뮤니티

저작권자와 출판권자 간의 계약에 '비밀 유지' 조항이 있는 것은 일반서나 웹소설이나 매한가지다. 출판사는 작가의 개인 정보를 보호해야 하며, 작가는 계약 및 출판 과정을 통해 알게 되는 각종 영업 기밀을 제삼자에게 누설해서는 안 된다. 비밀 유지 조항이 제대로 지켜지지 않으면 작가보다는 출판사가 손해를 볼 가능성이 크다. 서로 지켜야 하는 비밀의 크기가 좀 다르다고나 할까?

애석하게도 웹소설 시장에서는 비밀 유지 조항이 유명무실한 상태에 가깝다. 명확하게 말하자면 출판사 측은 대체로 지키지만 작가들이 안 지키고, 출판사가 이에 관해 문제를 제기하기 힘든 상황이다.

원칙적으로는 계약서가 밖으로 나가면 계약상 법적 문제가 되지만, 작가 커뮤니티에서 비밀리에 이를 공유하는 광경도 자주 볼 수 있다. 그게 아니더라도 'A사에서 이만큼 받았는데, 나에게 얼마를 줄 수 있나요?', '작가님 A사에서 얼마 받으셨나요, 무조건 그보다 더 드리겠습니다'와 같은 이야기가 협상 테이블에서 쉽게 오간다.

수익 배분율을 비롯한 각종 영업 기밀이 일종의 '출판사 정보'로 취급되고, 이는 작가 커뮤니티나 단톡방을 통해 공유된다. 일반서 저자들이 모여 소통하는 공간은 뚜렷하지 않고 신인과 기성 작가가 명백하게 분리되어 있다. 하지만 웹소설 업계에는 신인과 기성 작가가 섞여 있는 커뮤니티가 여럿 있고 매우 활발하게 돌아간다. 물론 기성 작가들은 자신의 필명을 걸고 게시판에서 활동하는 게 위험하다고 느껴서 익명을 선호하는 편이다. 커뮤니티가 아닌 익명 게시판(디시인사이드 갤러리 등)이나 엑스를 통해 정보가 공유되기도 한다.

사재기 불가능

사재기는 시세 변동에 대비하여 물건을 많이 사두는 행위를 의미한다. 어떤 업계든 상품을 판매하는 시장이라면 사재기가 어찌어찌 가능하다. 출판업계에서 사재기가 시도되는 까닭은 베스트셀러 순위를 바꿀 수 있기 때문이다. 일반 소비자는 대체로 실패 확률을 낮추고 싶어 하고 모험을 하고 싶어 하지 않는다. 이러한 대중의 심리를 이용한 것이 사재기 전략이다. 해당 제품을 판매 순위 상위권에 올려두면 다른 사람도 그 제품을 사게 되는 원리를 이용하는 것이다.

종이책 시장에서도 사재기 논란은 드문드문 있어왔다. 심지어 최근에도 베스트셀러 순위에서 사재기로 보이는 정황을 목도할 수 있었고, 출판 관계자들이 성토하는 중이다. 참고로, 출판사가 직접 운영하는 서평단에 증정하는 책은 판매 부수에 포함되지 않는다. 인지도가 낮은 저자의 책이 발행 즉시 서점 판매 지수 10만을 뛰어넘는 건 정말 이상한 일이다. 짜고 치는 고스톱처럼 무언가가 이면에 있다는 뜻이다.

모든 출판사가 사재기를 하진 않지만 시도한다면 솔직히 가능하다. 현 도서 시장에서 한 사람이 같은 책을 한꺼번에 여러 권 사는 작업은 불가능하지 않다. 게다가 종이책은 '선물'로라도 어떻게든 뿌릴 수 있다. 북마녀 역시 종이책 편집자인 지인이나 관계자가 온라인 서점에서 구매하여 발송한 책을 받아본 경험이 다수 있다.

이와는 달리 웹소설 시장은 사재기가 불가능하다. 다시 말해 베스트셀러 순위를 인위적으로 조종할 수 없다. 또한 선물 기능이 없는 플랫폼이 많아 타인에게 해당 작품을 보내는 일 자체가 쉽지 않다. 선물 기능이 있는 플랫폼이라 해도 지인 몇 명한테 선물한다고 순위가 크게 바뀌지도 않는다. 만 명한테 선물할 게 아니라면 말이다.

그런데 근래 이상한 '구매자 댓글'이 동시에 여럿 발견될 때가 있다. 애써 작업을 한 모양새다. 쇼핑몰 댓글 조작처럼 아르바이트생을 풀어 댓글을 쓰게 하는 작업 자체가 불가능하진 않을 것이다. 그러나 만 명에게 선물한다 해도 웹소설은 취향을 크게 타는 데다 조각조각 분할 구매를 하는 시스템이다. 이로 인해 일반 대중의 선택을 받을 수 있다는 보장이 없다. 그리고 웹소설 시장에서는 무조건 걸린다. 플랫폼에 찍히는 짓을 사서 하지 말자. 헛돈은 안 쓰는 게 좋다.

웹소설 플랫폼에서는 일반적으로 1인 1계정이 원칙이다. 어떤 사이트든 한 계정이 하나의 작품을 여러 번 구매하는 것이 원천 차단된 시스템이다. 홍길동이라는 사람이 카카오페이지, 시리즈, 리디에 각각 계정을 만들 수는 있다. 대다수의 웹소설 독자가 이 상태다. 웹소설 시장의 신작은 한 곳에서 당분간 최초 독점으로 유통된다. 각각의 계정으로 해당 작품을 각 플랫폼에서 살 수 있다면 이미 그 작품의 홍보 시기가 지났다는 뜻이다. 그러니 그렇게 산다고 해도 홍보 효과가 전혀 없고 사재기의 의미에 부합하지도 않는다.

물론 홍길동이 네이버에 'kildonglove'라는 아이디와 'hongkd'라는 아이디를 만들어 웹소설 코너에 접속하는 건 가능하다. 그러나 동일 인물이 하나의 웹소설 플랫폼에 계정을 여러 개 만드는 건 제한될 뿐만 아니라 이 계정을 모두 유료 구매할 수 있도록 만들어야 잠재적 구매자가 될 수 있다.

한 명이 여기까지 하는 것도 몹시 귀찮은데, 해당 작품을 베스트셀러 상위권에 올리려면 이 작업을 동시다발적으로 다수가 해야 한다. 한 500명, 1,000명이 동시에 구매한다면 모를까, 열 명이 달라붙어봤자 상위권에 올리는 건 불가능하다. 웹소설 출판사가 이렇게 유의미한 사재기를 할 수 있을까? 시스템상 불가능하기도 하지만, 할 수 있더라도 애초에 인원이 부족하다.

막말로 사이트를 해킹해 유료 구매 기록을 올린다면 조작이 가능할 것이다. 그러나 상대는 네이버 시리즈, 카카오페이지다. 어느 누가 한 작품을 위해, 한 작가를 위해 거대 기업, 그것도 무려 IT 기업을 상대로 해킹할 수 있을까? 출판사도, 작가도 그런 짓을 저지를 재간은 없다.

반대로, 어떤 작업을 통해 무료 회차 구간 조회 수를 확 올리는 건 어떨까? 무료 회차 조회 수는 높은데 유료 구매 기록이 없다면 유료 구매율이 말도 안 되게 떨어진다. 유료 구매율이 떨어지면 플랫폼은 해당 작품이 매출 파워가 없다고 판단한다. 작품을 망치는 짓을 대체 왜 한단 말인가.

어떤 식으로든 순위에 영향을 줄 만한 동시 구매를 진행하여 베스트셀러 상위권에 올랐다고 치자. 그다음은? 웹소설에는 미리 보기, 무료 회차가 있다. 웹소설 독자는 만만하지 않은 집단이다. 상위권 작품이라는 이유로 무턱대고 구매 버튼을 누르지 않는다. 매출이 올라가기는커녕 금방 '순위와 별점이 이상하다'는 베스트 댓글이 뜨고 그때쯤이면 신고도 들어가서 플랫폼도 인지하게 될 것이다.

이처럼 웹소설 시장은 영업도 물밑 작업도 아예 불가능한 곳이다. 재미있는 작품은 플랫폼과 독자의 눈에 들고, 재미없는 작품은 무슨 짓을 해도 선택받지 못한다. 마케팅과 홍보의 효과가 잘 나타나지 않고 그야말로 순수하게 작품의 매력으로 승부를 겨루는 시장이기에 사업적으로 상당한 고충이 있다. 그러나 다른 업계에서 찾아볼 수 없는 투명함은 곧 장점이 아닐까?

결론적으로 웹소설 시장에서는 도서가 유통되면서 맞닥뜨리는 환경과 조건이 큰 회사나 작은 회사나 비슷하다. 신인 작가도 신생 출판사도 순수하게 경쟁할 수 있고, 그 경쟁에서 이길 수 있다. 왕년의 출판을 생각한다면 큰코다칠 수 있지만, 난쟁이도 큰 공을 쏘아 올릴 수 있는 곳이다.

웹소설 PD의 필수 역량

커뮤니케이션 능력

웹소설 PD의 업무에서 소통 상대는 누구일까?

작가
업무 인력: 외주 교정자, 외주 일러스트레이터, 외주 디자이너 등 외부
인력
회사 내부 임직원: 부서 선후배, 팀장, 본부장, 마케팅팀 등 유관 부서 직
원, 대표 등

웹소설 출판사에서 PD로 일하려면 이렇게 많은 인원과 소통해야 한다. 개별적인 소통이 잘 진행되지 않는다면 업무 능력이 뛰어나더라도 제대로 발휘하기 힘들다. 업무 성과 역시 퇴색할 수 있다.

그중에서 가장 중요한 것은 아무래도 작가와의 소통이다. 작가와의 소통이 제대로 이루어지지 않는다면 아무리 편집을 잘해도 작가와 좋은 감정을 쌓기 힘들어 라포르rapport가 형성되지 않는다. 라포르는 장기적으로 웹소설 PD의 일에 영향을 준다. 서로 신뢰가 쌓이도록 다방면으로 노력할 필요가 있다. 비즈니스를 떠나 인간적으로 좋은 관계를 맺기 위한 노력도 반드시 필요하다.

스토리를 대중적으로 판단하는 능력

웹소설 PD에게는 대중적인 눈이 필요하다. PD 자신의 취향이 대중적이지 않다면 '관점'을 분리해야 한다. 집에서는 독자로서 마이너 소재를 실컷 읽더라도 업무 시에는 이 작품이 대중적으로 통할 것인지를 조금 더 객관적으로 판단할 수 있어야 실력을 발휘할 수 있다.

마이너 소재의 스토리를 작가가 재미있게 쓰고 PD도 재미있게 봐서 계약했지만 시장에서 안 통하는 경우가 상당수에 이른다. 이는 PD가 마이너 소재의 기준을 잘못 잡은 탓이다. 마이너 소재에 속하더라도 어떤 건 팔릴 만하지만 어떤 건 그렇지 않다. 어쩌면 PD의 취향이 대중성과 너무 심하게 떨어져 있어서 그 작품을 좋다고 느낀 것일지도 모른다. 때로는 해당 작품이 지금 당장 유행하는 스타일이 아니라 유행을 한발 앞서 나간 선구자일 수도 있다. 대중적으로 통하여 매출을 올릴 수 있는지 타이밍을 가늠해야 한다.

만약 PD는 상당히 소프트하고 잔잔한 취향인데 웹소설 시장에서는 그야말로 하드코어하고 강렬하며 자극적인 취향이 선호된다면 여기에 맞춰야 한다. 북마녀 역시 눈을 질끈 감고 '이건 무조건 된다'며 통과시킨 적이 종종 있다. 그런 작품은 줄줄이 대박이 나면서 독자가 허용 가능한 수위, 즉 이 정도면 시장에서 문제없다고 느끼는 음란성과 폭력성 기준을 끌어올리는 데 영향을 미쳤다. 2014년에 '이건 로맨스가 아니다', '어떻게 여자가 보는 로맨스에서 이런 내용이 나올 수 있느냐'며 질타받았던 작품도 지금의 기준으로 다시 보면 그리 충격적이지 않다.

일단 계약을 하고 나면 그 작품을 무조건 출간하는 것이 원칙이다. 회사 입장에서는 출간에 들어가는 인건비와 제작비를 감안하지 않을 수 없다. 회사의 인지도가 아직 낮고 예산이 부족하여 대중적으로 잘 나가는 작가를 섭외하는 일이 힘들 수 있다. 그러나 PD의 작품 보는 눈이 특이해서 매출이 안 나올 작품을 계속 계약한다면 장기적으로 문제가 커진다. 대중적이지 않은 취향으로 인한 매출 감소는 작가의 커리어에도 치명적이다. 작가도 PD도 자신의 마이너 취향을 고이 접어둘 필요가 있다.

교정·교열 능력

편집 업무를 진행하다 보면 편집부 직원 세팅 상황과 일정에 따라 외주자에게 교정·교열을 맡기게 될 수도 있다. 그렇다고 내부에서 일하는 PD의 교정·교열 능력이 부실해서는 안 될 일이다.

이것은 회사 내부에 없는 전문가를 외부에서 섭외하는 표지 일러스트 영역과는 명백히 다른 문제다. PD의 업무가 포화 상태이다 보니 외주로 빼는 시스템일 뿐, 내부에 전문 인력이 없어서 외주로 내보내는 구조가 아니다. 최종적으로는 PD가 교정 상태를 체크해야 하는데 외주자가 작업한 결과물이 좋은지 나쁜지 구별할 수 없다면 정말 곤란한 문제가 생길 수 있다. 해당 작품의 총책임자가 담당 PD 자신이라는 사실을 유념해야 한다.

맞춤법 및 올바른 문장 구조를 잘 모르는 사람은 PD의 자격이 없다고 단언하겠다. 어떤 문장이 비문인지 파악할 수 있되, 그 비문을 어떻게 고쳐야 멀쩡한 문장이 되는지 아는 것도 PD의 역량이다. 이걸 바꾸지 못한다면 교정·교열 능력이 없는 것이다. 수준 높은 교정·교열을 위해서는 꼼꼼하게 글을 읽는 능력도 함께 있어야 한다. 독자는 스치듯이 대충 읽어도 되지만 PD가 그런 식으로 읽으면 오류도 비문도 못 잡아낸다.

⊗ ⊖ ⊙　　　　　　　　　**PD의 교정·교열을 믿지 마라?!**

근래 출간되는 작품들에서 교정·교열을 봤는지 안 봤는지 알 수 없을 만큼 비문이나 맞춤법 오류가 자주 발견된다. 이 현상의 기저에는 여러 가지 원인이 깔려 있다.

첫째, 웹소설 PD의 평균 편집 실력이 전반적으로 낮아지고 있다.

둘째, 담당 PD의 일이 너무 과중해서 판단력이 떨어진 것이다. 이 역시 시장 전체적으로 발생하는 문제다.

물론 업무적 신념이 단단하지 않고 일을 대충 하는 사람이 맡는 바람에 해당 작품이 그렇게 편집됐을 가능성도 솔직히 없지는 않다. 모든 PD가 일을 열심히 하고 잘한다고 장담할 수는 없다. 그러나 앞서 언급한 원인으로 인해 발생하는 경우가 대부분이다.

표지 퀄리티를 끌어올리는 능력

일러스트레이터는 그림을 잘 그리는 전문가다. 원론적으로 글을 읽고 쓰는 사람이 아니다. 그러므로 기획서를 아주 자세하게 쓰고 시안을 첨부하지 않으면 편집부에서 원하는 그림이 뭔지 일러스트레이터가 정확하게 이해하지 못하는 일이 부지기수로 일어난다.

과거에는 일러스트레이터의 이해를 돕기 위해 원고 일부를 기획서와 함께 보내는 일도 많았다. 그러나 요즘은 원고도 없고 제목도 확정되지 않은 채 가제와 캐릭터 설정만 있는 상황에서 표지 일러스트부터 먼저 그려놔야 하는 상황이 자주 발생한다. 이는 웹소설 작가의 스케줄과 일러스트레이터의 스케줄이 꼬였을 때 불가피하게 발생하는 문제다.

톱 티어 일러스트레이터는 요청 사항을 척하면 착 알아들을 가능성이 높지만, 늘 톱 티어와 작업할 수는 없다. 특히 신입 PD와 신인 작가는 톱 티어를 만날 가능성이 아무래도 낮다. 또한 잘 그리는 일러스트레이터가 반드시 기획서를 잘 이해한다는 법도 없다.

그러므로 웹소설 PD는 일러스트 기획서를 누구든 제대로 이해하도록 정리할 수 있어야 한다. 와중에 작가가 가이드를 제대로 쓰지 못하는 경우도 왕왕 있다. 자신이 원하는 바가 무엇인지를 파악하지 못하여 설명을 불명확하게 쓰는 것이다. 때로는 정말 아무 생각이 없고 '일러레스트레이터가 잘 그려주겠거니' 하고 기대하는 신인 작가도 존재한다. 글자 그대로 '잘생기고 예쁘게 그려주세요'라고 요청하는 작가도 생각보다 많다.

이렇게 되면 결과물이 어떻게 나올지 가늠할 수 없다. 결과물이 마음에 안 들 경우 컨트롤이 불가능해진다. PD는 작가의 원안을 반드시 중간에서 체크하고 작가가 원하는 바를 정확하게 파악하여 최종적으로 기획서를 마무리하여 내보내야 한다.

그뿐만 아니라 그림이 잘못 나올 수도 있다. 기획서를 아무리 자세하게 써서 보내도 일러레가 잘못 이해하거나 자기 마음대로 그리거나, 혹은 아직 경력이 모자란 상황이라 인체 비율이 맞지 않고 색이 조화롭지 않은 등 다양한 문제가 발생한다.

이럴 때 '얼굴이 이상하다'고 모호하게 의견을 보낼 시 이를 제대로 수정할 수 있는 전문가는 시장에 존재하지 않는다. 일러스트레이터도 디자이너도 우리가 원하는 미감을 명확하게 알지 못한다. '이마의 면을 좀 집어넣고 코를 왼쪽으로 더 크고 뾰족하게 다듬고, 아랫입술을 조금 더 부풀려달라'는 식으로 구체적으로 설명하면 신인 일러스트레이터도 얼추 알아듣고 최대한 수정해 온다.

이는 그래픽 디자인 표지도 마찬가지다. 제목 폰트와 크기, 위치, 전체적인 색감 등 균형적인 미감이 필요하다. 같은 디자인이어도 컬러톤을 여러 버전으로 받아보면 비교가 쉽고 최상의 결과물에 근접할 수 있다. 내부 디자이너의 실력이 좀 약해도 담당 PD의 미적 감각이 뛰어나면 멱살 잡고 퀄리티를 끌어올리는 일이 어느 정도는 가능하다.

표지 제작 인력이 자기 능력의 최대치를 발휘할 수 있도록 컨트롤하여 가장 이상적인 결과물을 뽑아내는 것이 웹소설 PD의 능력이다. PD 본인이 그림을 잘 그릴 필요는 없지만, 그림을 볼 줄은 알아야 한다.

작품 기획 능력

PD 취업 관련 강의를 살펴보면 작품 기획에 초점을 맞춘 커리큘럼이 상당히 많다. 여기에는 크나큰 오류가 있다. 현 시장에서 웹소설 PD가 작품 기획에 그렇게 깊이 관여할 일은 거의 없다. 이 책을 처음부터 쭉 읽었다면 이미 인지했을 것이다.

파트 1과 2에서 여러 번 설명했듯이 무료 연재 플랫폼에 올라온 작품을 섭외하거나 투고 원고를 살핀다면 그 시점에 이미 해당 작품은 '기획'이 끝난 상태다. 기성 작가와 신작 계약을 하더라도 작가가 아이디어를 내놓는 것이지 PD가 먼저 작가에게 기획을 주는 것이 아니다. 작가는 남이 주는 기획을 토대로 원고를 쓰는 기계가 아니다.

또한 아이디어 논의를 작가와 PD가 항상 같이 하는 것도 아니다. PD가 초반 기획에 관여하는 것을 때에 따라서는 작가가 간섭이나 강요로 인식할 수도 있다. 현실적으로 위험 부담이 있다고 봐야 한다.

회사에서 작가 몇 명을 컨트롤하여 공동 저작으로 진행하는 팀 체제일 때만 작품 기획 능력이 필요하다. 웹소설 시장에서 이런 경우가 없지는 않으나 현시점을 기준으로 극소수에 불과하다. 이는 웹툰 제작 생태계와는 극명히 다른 광경이다.

그렇다면 웹소설 시장에서 평균적으로 PD가 발휘할 수 있는 작품 기획 능력은 어느 정도일까? 한마디로 '작품 아이디어 브레인스토밍'이다. 매번 일어나는 일은 아니다. 작가와 PD가 죽이 잘 맞는다면 작가가 PD에게 아이디어를 구하게 된다. 작가가 아무 말이 없어도 차기작을 슬슬 준비해야 하는 시점에 PD가 아이디어를 던져도 된다.

담당 작가와 신작 아이디어를 상의할 땐 두 가지가 파악되어야 한다. 우선 해당 작가의 스타일이다. 기성 작가라면 타사 혹은 자사에서 여러 작품을 내봤을 것이고 전작들의 스토리텔링과 실적을 얼추 알 수 있다. 이를 바탕으로 그 작가가 어떤 스타일을 잘 쓰는지 알아두어야 한다는 뜻이다. 두 번째는 소재의 트렌드다. 무료 연재 플랫폼에서 인기 있는 소재가 반드시 출판 플랫폼에서 잘되리란 법은 없지만, 어느 정도는 영향을 준다. 그러므로 주기적으로 플랫폼 내 트렌드를 면밀히 살필 필요가 있다. 수많은 트렌드 중 해당 작가의 스타일에 적합한 것을 찾아 아이디어를 던져준다면 작가의 차기작 집필이 더 일찍 시작될 수 있다.

웹소설 아이디어 논의에서 무엇보다 중요한 것은 PD가 원하는 바를 작가에게 강요해서는 안 된다는 점이다. 앞에서 언급한 두 가지가 서로 영향을 미친다. 아무리 코믹 개그물이 유행이어도 신파를 잘 쓰는 작가에게 코믹 개그물을 쓰라고 밀어붙이면 죽도 밥도 안 되는 결과가 나올 수 있다. 최악의 경우 작가가 PD를 원망하는 사태가 벌어지기도 한다. 반대로 PD가 '요즘 연하남이 대세던데요?'라며 슬쩍 언질을 주면 연상남만 소재로 쓰던 작가가 옳다구나 하고 연하남 스토리를 써서 성공하는 아름다운 결과가 나올 것이다.

이 능력은 비단 원고 집필 전 기획 단계에서만 발현되는 것이 아니다. PD는 작가가 아니니 스토리텔링 능력이 필요하진 않다. 하지만 작가가 어떤 장면이나 사건에서 스토리 진행이 막혀 고민 중이거나 어울리지 않는 내용이 원고에 등장했을 때 PD가 어울리는 장면 아이디어를 넌지시 내민다면? 작가의 슬럼프를 방지함과 동시에 작품 출간 과정이 수월하게 흘러가게 되니 일석이조다.

여기서 아주 절대적으로 지켜야 할 원칙이 하나 있다. 차기작 기획은 반드시 계약 절차를 마친 다음부터 진행해야 한다. 계약서 날인도 끝내고, 내보내야 할 선인세가 있다면 그 역시 지급 처리한 후 논의하는 게 옳다. 계약하기 전 아이디어 회의까지 다 했는데 작가가 돌변하여 그 스토리를 다른 회사와 계약하는 경우도 왕왕 있다. 북마녀 역시 경험한 바 있고 굉장히 쓰린 기억으로 남아 있다.

웹소설 시장의 모든 장르에 관한 지식

이전 파트에서 설명했다시피 웹소설 시장에는 메이저 장르가 여러 개다. 편집부 인원이 여유 있는 회사라면 여러 장르를 출간할 것이고 소속된 PD들이 담당하는 장르가 정해져 있다. 보통 자신이 잘하는 장르 위주로 배정되어 업무를 진행하게 된다.

그러나 회사 생활이라는 것이 언제나 내 맘대로 되지는 않는다. 나는 로맨스만 하고 싶은데 어느 날 갑자기 생판 다른 장르의 원고를 편집해야 하는 사태가 벌어질 수 있다. 이는 비단 윗선에 의한 업무 분장 때문에 발생하는 일만은 아니다. 당장 담당하고 있던 로맨스 작가가 갑자기 필명을 새로 파더니 BL 원고를 던질 수도 있다. 이럴 때 담당 PD가 BL의 감성을 전혀 모르고 용어조차 모른다면 시놉시스를 어떻게 봐줄 것이며 원고를 어떻게 편집할 수 있을까?

편집부에서 남성향과 여성향 담당이 나뉘어 있거나 팀이 다르더라도 마찬가지다. 마감이 너무 급박한 와중에 교정·교열을 맡겼던 외주자가 펑크를 내면 내부 직원끼리 서로 도와야 하는 상황이 일어날 터. 더욱이 담당 작가가 없는 막내의 입장이라면 닥치는 대로 원고를 받아 교정을 봐야 하는 일이 수없이 벌어진다.

마지막으로, 옆자리 직원이 마감을 하지 않고 냅다 퇴사해버리는 바람에 그 업무를 떠맡게 되는 상황도 은근히 자주 발생한다. 어떤 회사든 이렇게 다양한 사건·사고가 일어나기 마련이고, 그게 직장 생활이다. 웹소설 시장의 메이저 장르들을 웬만큼은 알고 있고 컨트롤할 수 있다면, 불시에 자신의 주 장르가 아닌 작품을 편집할 일이 생기더라도 큰 문제가 없을 것이다.

웹소설 PD로서 경력과 미래를 위해서라도 다양한 장르의 지식을 쌓아야 한다. 경력이 길지 않다면 모든 장르를 다룰 일이 드물지만, 팀장이나 본부장이라면 상황이 달라진다. 회사가 커질수록 팀장급 이상은 총책임자 역할을 하게 될 텐데 여성향 혹은 남성향 쪽에 강하다고 해서 다른 장르에 대해 아예 모른다면 직원 관리가 힘들어진다.

시간 관리와 멀티태스킹 능력

웹소설 PD는 할 일이 정말 많다. 작품 한 개 출간 사이클을 하나의 프로젝트라고 생각한다면, 여러 개의 프로젝트를 동시에 진행해야만 한다. 각 프로젝트의 시기는 필연적으로 일정 부분 겹친다.

PD 한 명이 작가 한 명만을 담당하는 회사는 극히 드물다. PD 한 명이 적게는 다섯 명, 많게는 수십 명을 담당하게 된다. 물론 그 수십 명이 동시에 원고를 마감하지 않고 론칭 날짜도 한꺼번에 같은 시기에 잡히지 않으니 여러 개의 프로젝트가 함께 진행될 수 있는 것이다.

다음 도표는 웹소설 PD의 월간 일정표를 대략 정리해본 것이다.

〈웹소설 PD의 월간 일정표 예시〉

일정	1일	2일	3일	4일	5일	6일	7일	8일	9일	10일	11일	12일	13일	14일
A(장편)	론칭 분량 편집													
B(단편)					표지 디자인 확인									
C	표지 일러스트 기획											심사용 원고 체크		
D					시놉시스 검토					미팅				
E		최초 계약			초고 검토									
F								디자인 표지 수정 및 최종 파일 수급						
G(단편)	출간													

A는 미완결 상태로 론칭된 장편으로서 유통 시작 후에도 거의 매일 업로드가 진행된다. 즉, A는 완결까지 계속되는 장기 프로젝트다. A를 맡은 담당자는 매일 일정 회차를 편집해야 한다. 이런 장편은 론칭 후 전자책 파일도 PD가 그때그때 만드는 것이 효율적이다.

예시에서는 A만 이런 상황이지만, 현실에서는 실시간 연재 작품이 여러 종일 가능성이 크다. 특히 남성향 장르는 모든 작품이 A처럼 흘러간다. 또한 동시 진행 작품 수가 예시보다 더 많을 가능성도 높다. 아주 어린 막내 직원이 아니고 N년 차의 경력자라면 더욱 그렇다.

편집을 외주로 내보내면 관리할 작품 수가 더 늘어날 수 있기 때문에 PD의 업무가 줄어드는 것은 아니다. 교정·교열 외에 나머지 관리

15일	16일	17일	18일	19일	20일	21일	22일	23일	24일	25일	26일	27일	28일	29일	30일
출간	매일 연재 분량 편집												신작 계약	편집 계속	
	편집					출간									
		심사 제출				미팅					표지 일러스트 스케치 수정				
								시놉시스 2차 검토						일러레 서치	
						수정고 검토					심사용 원고 체크			심사 제출	
										편집					
미팅	신작 계약													2차 유통	

를 전부 담당자가 해야 하고, 아무리 외주자가 잘 진행했다고 해도 마지막에는 담당자가 확인하고 넘겨야 한다.

웹소설 편집부는 다른 업계나 부서에 비해 여러 프로젝트가 동시다발적으로 쉴 새 없이 돌아간다. 그러므로 웹소설 PD는 시간 안배와 몰입을 잘하면서도 어느 정도 멀티태스킹이 가능해야 한다. 하나에 집중하면 다른 일을 싹 잊어버리거나 시간 관리를 잘하지 못하는 유형이라면 PD 생활이 너무 힘들 수 있다.

지금까지 PD의 업무를 지속적으로 수행하려면 반드시 갖추어야 할 능력을 살펴보았다. 이 중 어떤 것은 PD가 되기 전부터 갖추고 있어야 웹소설 출판사 취직에 유리하다. 하지만 어떤 능력은 PD의 업무를 경험하기 전에는 스스로 가졌는지를 알 수 없다. 몰랐는데 막상 일해보니 그 능력을 보유하고 있었다는 사실을 깨닫기도 한다. 일반적으로는 업무의 경험치를 쌓으면서 그 능력이 강화되거나 없던 능력이 자연스럽게 생기는 경우가 대부분이다. 그러니 지금 그 역량이 없다고 해도 좌절하지 말자.

출판사에 정규직으로 소속되지 않은 프리랜서 PD가 일을 도맡는 것은 회사와 프리랜서 양쪽 모두에게 좋지 않다고 생각한다. 하지만 모든 업체가 이상적으로 돌아가지는 않기에 밖에서 PD 역할을 하는 인력이 분명히 존재할 것이다. 이 경우에도 그 인력은 앞에서 명시한 자질을 잘 갖추고 있어야 한다.

웹소설 PD의
현재와 미래

임금은 낮으면서 일이 많다

① 과중한 업무

지난 강의를 한 줄로 요약한다면 '편집부는 다른 업계나 부서에 비해 여러 프로젝트가 동시다발적으로 쉴 새 없이 돌아가므로, 웹소설 PD는 시간 안배를 잘하고 어느 정도 멀티태스킹이 가능해야 한다'가 되겠다. 컴퓨터를 활용하는 사무직이라고 정신노동의 영역으로만 생각하면 오산이다. 업무 강도가 높고 노동 시간이 길다면 육체노동의 성격이 결합된다. 정신은 육체에 담겨 있기에 몸이 지치면 정신의 기력도 떨어지기 마련이다.

웹소설 출간은 일반서보다 작업 일정이 더 촉박하고 노동 밀도가 더 촘촘하다. 그 원인은 무엇일까? 일반서에 비해 웹소설의 출간 사이클 자체가 훨씬 타이트하기 때문이다. 인쇄 과정이 생략된다고 해서 널널한 게 아니다. 편집 및 출간 일정이 더 촘촘하게 채워진다.

일반서 쪽은 인쇄 단계 때문에 숨 돌릴 시간이 만들어지고, (웬만하면 그래선 안 되지만) 불가피한 상황에선 인쇄와 제본 날짜를 연기하는 일도 가능하다. 그러나 웹소설은 플랫폼과 일정 협의가 끝났다면 하늘이 무너져도 그날 출간이 진행되어야 한다. 날짜를 맞추지 못하여 펑크가 나면 불이익을 받을 가능성이 크다.

론칭 날짜가 코앞에 닥쳤는데 작가의 집필 진도가 느려 마감하지 못했다면 어떻게 될까? 작가가 밤을 새워가며 원고를 보낸다면 PD 역시 동시에 편집을 하며 같이 새우는 수밖에 없다. 1~2시간에 한 번씩 알람을 맞춰놓고 깨어나 메일함을 확인한 적이 있는가? 실제 경험이 있으니까 하는 소리다. 신생아 수유하느라 통잠을 못 자는 산모처럼 마감 기간을 보내는 일도 생긴다. 또 내일이 마감인데 작가가 원고를 퇴근 시간에 맞춰 보내면 PD는 그때부터 편집을 시작할 수밖에 없다.

비축분을 미리 만들어놔도 개인 사정은 생기기 마련이며, 비축분은 여지없이 떨어지게 된다. 실시간 연재를 올리는 어느 회사 어느 작품이든 작가와 PD가 세트로 이 상황에 처할 수 있다.

② 낮은 임금

업무가 어느 정도 과중하고 스트레스가 심하더라도 연봉을 만족할 만큼 받고 있다면 그렇게 쉽게 퇴사를 생각하지는 않을 것이다. 이는 직장인 누구에게나 통하는 이야기다. 한국 사회에서 과로와 회사 스트레스는 어느 업계, 어느 직군을 가더라도 똑같다. 회사에서 시쳇말로 '금융 치료'를 해준다면 그럭저럭 투덜거리면서도 다니게 된다. 어쨌든 커리어가 계속되어야 하고, 웹소설 PD의 업무 특성상 일 자체가 타 업계보다 재미있는 건 사실이니까.

그러나 일반서 출판사 편집자들의 평균 임금이 그렇듯, 웹소설 PD의 임금은 그리 높지 않다. 신입 PD에게 최저 임금을 초과하는 금액을 제시하는 곳은 흔하지 않다. 웹소설 시장의 매출 규모는 나날이 커지고 있지만, 그 시장에서 중요한 역할을 하는 PD는 저임금에 고통받으며 고강도 노동을 하는 실정이다. 여러 작가를 관리하는 팀장 이상의 직급이라면 상황이 다른 경우도 꽤 있으나, 경력이 전무한 신입이라면 사회생활 초반에 이를 감내해야 한다.

시간이 흐르면 웹소설 PD로서 경력도 쌓이고, 업무 능력도 늘고, (자신이 컨택하여 계약을 이끌어낸) 담당 작가도 늘어난다. 때가 되면 자연스레 연봉 협상 테이블에 앉게 될 텐데, 직원 전체의 연봉이 다 함께 몇 퍼센트씩 올라가는 회사는 극소수다. 웹소설 출판사 대부분은 매출 규모와 관계없이 소기업의 형태를 유지하고 있다. 플랫폼 업체에 소속되지 않는 한 다들 비슷하다. 그렇다 보니 연봉 협상 결과가 불만족스러울 시 이직을 준비하는 수순을 밟게 되는 것이다.

이는 회사를 운영하는 대표 입장에서도 인력 유출 현상으로 비화하지 않도록 지혜롭게 해결해야 하는 문제다. 고작 연간 수백만 원 아끼려다가 능력 있는 인재와 매출 높은 작가를 동시에 놓치는 결과를 맞이할 수 있다.

작가 입장에서는 어떨까? 자신과 궁합이 잘 맞는 PD가 갑자기 회사를 그만둔다면 업무 차원에서 불편을 느끼게 된다. 잘 맞는 PD가 이직할 경우 이직한 PD를 따라 다른 회사에서 차기작을 내는 작가도 많다.

솔직히 말하자면, 직원이 계속 바뀌는 회사가 정상적으로 운영된다고 보기는 어렵다. 몇 달에 한 번씩 담당 PD가 바뀐다면 그 출판사는 '직장'으로서 분명히 어떤 문제가 있는 것이다. 그렇게 PD가 계속 갈리는 곳에서는 대형 작가가 아닌 이상 작품이 순조롭게 출간되기란 쉽지 않다. 작가로서 굉장한 리스크로 인식해야 하는 문제다. PD를 지망하는 분들 역시 사업 규모 확장 목적이 아닌 단순 직원 채용 공고가 자주 올라오는 업체는 거르는 게 현명하다.

③ 업무 능력과 회사 규모의 차이

회사 규모가 크지 않고 자금 사정이 여유롭지 않다면 PD가 아무리 노력해도 인기 있는 작가와의 계약이 힘들 수 있다. 여러 업체의 컨택이 쏟아져 경쟁이 붙을 때 작가의 마음은 더 높은 선인세를 제시하는 곳으로 기울기 마련이다. 선인세가 똑같다면 더 규모가 큰 회사를 선택하는 것이 인지상정이다.

PD가 신입이 아니라 경력직이고, 그래서 컨택을 잘하고 편집도 잘하고 인간적인 신뢰도가 매우 높다고 해도 소용없다. 회사의 인지도나 회사가 줄 수 있는 선인세 예산이 부족하여 계약이 불발되는 일이 수없이 벌어진다. 이렇게 회사가 편집부를 받쳐주지 못하는 상황이 이어지면 PD는 일할 의욕을 잃게 된다.

의외의 스트레스 요인

① 알고 보니 영업 사원

웹소설 PD가 되면 첫날부터 회사에서 '이 작가 맡아봐!' 하면서 S급 작가를 툭 내려줄까? 그런 판타지 같은 상황은 결코 일어나지 않는다. 탐나는 작품을 쓰는 작가와 일하려면 계약에 성공해야 하고, 계약에 이르려면 작가의 마음을 움직여야 한다.

이는 비단 웹소설 PD만의 문제는 아니다. 모든 출판 편집자는 모르는 저자에게 먼저 연락을 해야 하고, 전화 통화는 당연하며, 때로는 직접 만나 처음 보는 사이에 거침없이 친한 척을 해야 한다. 업무에는 끊임없는 거절과 무응답을 견뎌내는 일까지 포함된다. '사람 안 만나고 내가 좋아하는 소설에 파묻혀 일하는 모습'을 그려온 사람이라면 기함할 지경에 이를 것이다.

웹소설 PD의 업무는 결국 '영업'의 속성을 지니고 있다. 상품이 분명 글이고 업무의 본질도 콘텐츠 제작이지만, 여러 사람과 소통하고 협업해야 그 상품이 비로소 완성된다. 이를 감당할 수 있는 성격이어야 PD로 일할 수 있다.

요즘에는 작가와 PD 가릴 것 없이 통화를 어색해하는 사람이 증가해서 메일과 메시지로만 업무가 진행되기도 한다. 그러니 '난 영업은 죽어도 못 해'라고 먼저 단정하고 포기하진 말자. 영 못할 줄 알았는데 의외로 적성에 맞아 쭉 일하는 사람도 이 업계에 허다하니까.

② 갑을 관계

PD는 실무에서 온갖 갑을 관계에 처한다. 불행하게도 PD가 을의 입장이다. 을이면 그나마 다행이고, 자주 병이나 정의 위치에 쭈그려 있을 때도 부지기수다.

작가, 일러스트레이터를 위시한 외주 인력, 플랫폼, 그리고 회사 내 상사(특히 대표)에 이르기까지 다양한 이들로부터 스트레스를 유발하는 '갑질'이 일어날 수 있다. 내 잘못이 아닌데 내가 사과해야 하는 일도 비일비재하다. 아무리 현명하게 대처하더라도 스트레스가 쌓일 수밖에 없다.

이 책에서 중점적으로 다루고 있는 작가와 PD에 관해 덧붙여보겠다. 오래전에는 작가를 '갑', 출판사를 '을'로 지칭하곤 했다. 요즘에는 출판 계약서에서 작가를 '저작권자', 출판사를 '출판권자'로 적는 추세이지만, 출판 계약 및 계약 사항 진행에서 저작권자가 법적으로도 실무적으로도 갑이다.

원론적으로 어떤 사안에서든 출판권자는 저작권자의 결정을 막을 길이 없다. 어떤 내용도 출판권자가 저작권자의 동의 없이 바꿀 수 없다. 하지만 이 문제는 PD에게 큰일이 아니다. 실무적으로 충분히 소통하고 설득하여 협의한다면 해결될 사안이다.

진짜 문제는 현장에서 마주치는 황당한 상황이다. 독자일 때 그토록 존경하던 작가를 PD가 되어 만났으나 해당 작가의 인성을 마주하고 팬심을 잃는 일도 왕왕 있다. 모 작가 때문에 담당자가 스트레스를 받아 한쪽 시력을 잃었다는 무시무시한 이야기도 PD들 사이에서 흘러나온다. 일반적으로 PD가 직장을 그만두는 주요 원인은 임금, 과로(로 인한 건강 악화), 그리고 작가와의 트러블에 따른 깊은 회의감이다. 그만큼 작가와의 협업이 힘들 때 큰 타격을 받는 직업이다.

반대로, 작가가 PD의 황당한 행태로 고통받는 경우도 당연히 존재한다. 위의 내용은 PD가 겪는 고충을 정리한 것이니 오해 없길 바란다. 이 책을 읽는 신인 작가들이 자신과 상성이 좋은 PD를 꼭 만나길 기원한다.

③ 생각보다 '덕업 일치'가 아니다

웹소설 PD가 되면 내가 좋아하는 웹소설을 잔뜩 읽을 수 있으리라고 생각하는가? 이는 출판 편집자의 생활을 상상하고 꿈꾸는 대부분의 사람이 하는 착각이다. 편집자는 완성도가 부족한 원고를 끊임없이 접해야 하는 사람이다. 과중한 업무 탓에 독자일 때보다 소설을 읽을 시간이 부족해지기도 한다. 그리고 내가 읽고 싶은 작품은 보통 다른 출판사에서 나오는 것이 일종의 징크스랄까? 기억하자, 오직 독자만이 완성된 책을 읽을 수 있다.

트렌드 파악을 위해 플랫폼을 체크해야 하지만, '내가 좋아하는 웹소설을 잔뜩 읽는 것'이 웹소설 PD의 주요 업무가 될 수는 없다. 타사 출간작 읽기는 퇴근 후에 진행되어야 한다. 때로는 취미가 업무의 연장선상이 되어버린 생활에 진한 허탈감을 느낄 수도 있다.

웹소설 PD의 업무 능력 저하 현상

웹소설 PD가 겪는 과중한 업무, 낮은 임금, 그리고 심리적 스트레스가 쌓이는 환경은 결국 어떤 상황을 낳게 될까? 해당 인력의 잦은 이직 또는 업계 탈출을 부른다.

이와 같은 현상에 대해 대충 '요즘 애들은 끈기가 없어!'라는 말로 때우려고 한다면 정말 곤란하다. 한 달에 100만 원 주면서 야근과 특근을 다 시키던 시절은 이미 지나갔으며 절대로 다시 돌아오지 않는다 (옛날 옛적 후배 월급 100만 원 챙겨 주겠다고 사장을 들이받았던 기억이 아련히 떠오른다).

이것은 비단 신입 사원만의 문제가 아니다. 경력 2~3년 차 대리급,

그 이상의 과장과 팀장급 등 핵심 인력이 생각보다 쉽게 빠져나가게 된다. 이런 핵심 인력들이 이 책을 보고 나만의 웹소설 출판사를 꾸려나가려는 창업 계획을 실행에 옮길지도 모를 일이다.

이렇게 핵심 인력이 빠져나가면 그들과 비슷한 수준의 인력을 새로이 구해야 하는데, 업계에는 그런 인물이 많지 않다. 북마녀 역시 별도로 사업자를 냈음에도 불구하고 지속적으로 러브 콜을 받고 있다.

또한 여느 업계와 마찬가지로 회사에서 인력을 충원하려는 노력을 하지 않는다. 결국 세 명이 하던 일을 두 명이, 두 명이 하던 일을 한 명이 하게 되거나 경력직이 해야 하는 일을 이제 막 들어온 신입이 떠안게 되는 사태가 벌어지고 만다. '자리가 사람 만든다'는 말이 있듯이 큰 업무를 맡게 되면 어찌어찌 잠재해 있던 능력을 끄집어내 발전하는 사람도 분명히 존재한다. 그러나 사수가 없는 상태로 부딪쳐가며 무언가를 배우는 일이 그리 쉽지는 않다.

임금 문제로 인해 우수한 편집부 인력이 입사를 거부하거나 떠나는 일이 빈번해지면, 당장 일손이 부족한 회사는 결국 자격 조건을 낮추어 사람을 구하게 된다. 근래 작가들 사이에서 웹소설 PD의 업무 능력이 전반적으로 떨어졌다는 이야기가 예사롭게 들린다. 이미 언급했듯이 작품의 편집 퀄리티에서도 객관적으로 나타나고 있다. 이 문제는 출판사 운영 주체가 웹소설 PD들의 업무 환경을 개선하지 않은 결과라고 생각한다.

웹소설 PD가 AI를 이길 수 있을까?

이번에는 웹소설 PD의 직업적 미래를 예측해보겠다. 근래 AI가 눈에 띄게 발전하면서 모든 업계 사람들이 'AI가 내 직업을 대체하면 어떡하지?'라는 두려움을 갖게 됐다. 웹소설 시장 역시 다양한 직군으로 구성되어 있다 보니 AI를 향한 공포심이 업계에 스며드는 상황이다. 그렇다면 웹소설 PD는 어떨까? 웹소설 PD의 역할을 AI가 대신할 수 있을까? 현재와 함께 조금 더 먼 미래를 생각하더라도 북마녀의 대답은 'NO'이다.

우선 웹소설 PD의 업무 중 교정, 교열, 편집부터 생각해보자. 문서 프로그램이 기본적인 맞춤법을 체크해주고, 간단히 돌려볼 수 있는 맞춤법 검사기 역시 존재한다. 하지만 이런 프로그램들이 한글로 쓴 글을 완벽하게 교정·교열하고 윤문까지 하기란 불가능하다. 영어 등 여타 외국어와는 달리 한국어는 자음과 모음이 하나의 글자로 조합된 체계다. 그래서 획 하나, 받침 하나, 띄어쓰기 하나 차이로 뜻이 달라지거나 맥락이 어그러지는 일이 많다. 그리고 문장을 구성하는 모든 단어의 맞춤법이 정확하다는 것이 그 문장이 정확하게 쓰였음을 보장하지도 않는다. 단어는 멀쩡한데 문장이 이상한 비문도 수두룩하다.

그뿐만 아니라 맞춤법 자체는 틀리지 않았지만 내용상 잘못 쓰인 경우도 분명히 존재한다. 만약 인물 A가 바지를 입고 있었는데, 다음 장면에서 '치맛자락이 휘날렸다'라고 묘사된다면 이를 바로잡을 수 있는 맞춤법 AI가 있을까? AI가 소설 속 복잡미묘한 오류를 고쳐줄 수 없다면, 편집을 할 수 없다는 뜻이다. 웹소설 PD가 자기 능력을 갈고 닦는다면 업무를 AI에 뺏길 걱정 없이 일할 수 있을 것이다.

많은 이가 우려하는 것처럼 생성형 AI가 사람을 대신하여 소설 전체를 써낼 수 있다고 해도 그것이 상품화되려면 편집이 필요하다. 그 편집은 단순한 교정이 아니라 각종 다양한 작업의 조합을 뜻하며, 이는 사람이 할 수밖에 없다. AI의 기능이 향상되더라도 웹소설 PD의 지위는 굳건할 것이다.

또한 이 책을 통틀어 내내 이야기했지만 작가 관리도 PD의 매우 중요한 업무에 속한다. 그뿐만 아니라 작품 컨택 및 계약, 완성고가 입고될 때까지의 관리, 원고 피드백, 표지 기획 등 다양한 업무를 PD가 진행해야 한다. 이 모든 업무 중 무언가를 AI가 대신 해줄 수 있다고 해도, 그 관리와 총괄 책임은 결국 PD의 몫이다. 만약 작가가 1인 출판사를 차린다면 이 모든 관리를 직접 해야 한다.

한편, AI 일러스트 표지는 어떨까? 얼마 전 여성향 장르에서 AI가 만든 일러스트 표지로 큰 논란이 일어나 표지를 바꾸는 사건이 발생했다. 아직은 웹소설 시장 전반적으로 AI 일러스트를 선호하지 않으며, 배격하는 분위기다. 현재는 AI를 활용한 제작물의 저작권 문제가 확실하게 정리된 시점이 아니므로 앞으로 상황이 어떻게 흘러갈지 주의 깊게 지켜봐야 한다. 만에 하나 AI 일러스트가 허용되는 추세로 확실히 흘러간다면 웹소설 PD의 업무에도 큰 변화가 생길 테니까.

그럼에도 불구하고, 웹소설 PD와 작가의 관계

이 책을 읽기 전, 웹소설 시장에서 부지런히 멋진 작품을 선보이는 편집자를 근사하고 재미있는 직업으로 생각했는가? 마지막 강의에서 웹소설 출판사의 PD들이 현실적으로 겪는 문제를 너무 심각한 어조로 쏟아내는 바람에 PD의 길에 들어서기 직전 누군가는 취업을 포기했을 수도 있겠다. 반대로 작가들은 자신의 담당자를 조금은 가여워하는 눈길로 바라보게 됐을지도 모르겠다.

모든 업계와 직업에는 저마다의 괴로움이 있는 법이다. 웹소설 PD도 현장에서 실무를 진행하며 다양한 고충을 맞닥뜨린다. 노동자로서 업무적, 심리적 문제가 다른 업계와는 차원이 다른 밀도로 쌓여 있는 것이 사실이다.

그러나, 그래도, 그럼에도 불구하고 웹소설 PD는 '덕업 일치'에 가장 부합하는 직업이다. 어쩌면 고단한 업무 속에서 '덕업 일치'가 된다는 것 하나만으로도 만족할 수 있다. 앞서 업무의 연장선상이라고 표현했지만, 정말 웹소설에 푹 빠진 사람이라면 일과 취미의 경계가 뚜렷하지 않은 특징을 오히려 이 직업의 묘미로 받아들이게 된다.

낮에 웹소설을 만들고, 퇴근 후 밤에 또 웹소설을 읽는 것이 웹소설 PD의 진정한 '워라벨'일지도 모르겠다. 수업과 컨설팅까지 겸하고 있는 북마녀뿐만 아니라 현장에서 열심히 일하는 웹소설 PD 모두 이렇게 생각하며, 이 '워라벨'을 매우 즐기고 있으리라고 확신한다.

업무 패턴은 같아도 그 내용물이 매번 달라진다는 점 역시 중요한 매력이다. 동일한 순서대로 편집이라는 작업을 수행하지만 매번 새로운 스토리를 접할 수 있다. 세상에 이토록 신선한 활력소가 계속 주입되는 직업은 흔하지 않다. 일반 회사와는 달리 상당 부분 주체적으로 일할 수 있으며, 세세한 업무 하나하나를 대표급 임원에게 확인받지도 않는다.

업계 특성상 플랫폼을 제외하면 대기업 개념이 딱히 없다. 작은 업체라도 우선 들어가서 업무를 배우고 경력을 쌓으면 이직이 수월하고 헤드헌터에게 연락도 자주 온다. 작가 관리 및 업무 능력이 출중하다면 회사를 옮길 때 따라가겠다는 작가가 줄을 잇는다. 이렇게 경력과 인맥을 탄탄히 쌓아놓는다면 월급쟁이를 벗어나 자신의 회사를 설립할 수 있다.

리더에게 참모가 필요하듯, 작가에게도 든든히 뒷받침해주는 파트너가 필요하다. 그 역할을 바로 웹소설 PD가 도맡아 한다. 웹소설 PD는 직접 창작을 하진 않지만 창작을 돕고 기획하며 관리하는 총책임자다. 자신의 아티스트가 가장 빛날 수 있도록 모든 것을 기획하는 큐레이터이자 크리에이티브 디렉터다. 이 사명감과 정체성을 잊지 않는다면 웹소설 PD로서 멋진 커리어를 쌓을 수 있다.

한편으로 PD의 뮤즈이자 아티스트, 바로 작가들에게는 다음의 이야기를 해드리고 싶다. 어느 작가에게는 '영원히 함께 일하고 싶을 만큼 좋은 담당자'로 기억되는 PD가 다른 작가에게는 '냉정한 담당자'로 평가되기도 한다. PD가 일을 잘하더라도 작품에 따라, 타이밍에 따라, 플랫폼에 따라 작가가 원하는 대로 진행되지 않을 가능성이 언제나 존재한다. 또 사람과 사람의 협업이기에 때로는 갈등이 생길 수 있고, 전달을 잊거나 연락을 빠뜨리는 일도 생긴다. 서로 처음부터 잘 맞는 상대를 만나려면 운이 따라줘야 한다. 상대를 배려하고 맞춰나가는 자세가 작가와 PD 모두에게 필요하다.

PD는 작가가 혼자 수행하기 힘든 실무 전반을 도맡아 해주는 비즈니스 파트너이자, 작가의 창작물을 더욱더 고급스럽게 업그레이드해주는 품질 관리자다. 이 정의를 유념하며 자신의 담당 PD를 대하고, 이 책에서 설명한 출판 시스템을 숙지하여 작가의 업무에 반영한다면 어느 회사 어떤 담당자를 만나더라도 최대치의 성과를 이뤄낼 수 있을 것이다.

우리는 서로의 날개가 될 수 있다. 때로는 출판사가 작가의 날개가 되어주고, 작가가 출판사의 날개가 되어주기도 한다. 결국에는 함께 날아가는 것이다. 이것이 창작 시장에서의 비즈니스 파트너십이다.

이로써『북마녀의 웹소설 프로듀싱 아카데미』를 마친다. 재능과 흥미와 개성이 어느 쪽으로 향하고 어느 쪽에 더 가까운지에 따라 여러분은 작가도 PD도 될 수 있다. 북마녀가 공들여 쓴 이 책이 황실 도서관에서 찾아낸 마법서처럼 신비로운 가이드가 되어줄 것이다. 웹소설 PD를 꿈꾸는 이들, 그리고 계약과 출판 전 단계에서 걱정과 두려움의 늪에 빠진 신인 작가들을 끌어 올릴 튼튼한 동아줄이 되길 바란다.

웹소설 시장에서 멋진 작품으로 만나길 고대하며
창작 멘토 북마녀

웹소설 출판사 설립 및 전담 부서 개설을 희망하는 (예비) 대표님을 위한 페이지

웹소설 출판사와 편집부 세팅을 위한 가이드라인

지금까지 웹소설 시장에 대해 알아야 할 전체적인 정보를 모두 습득했으니 이제는 본격적으로 웹소설 출판 실무에 들어갈 수 있을까? 아직 멀었다. 실무를 진행하려면 사람이 있어야 한다. 부록 페이지에서는 웹소설 출판사 설립, 부서 세팅과 함께 인력을 어떻게 활용할 수 있는지 살펴보겠다.

출판사 내에 웹소설 부서를 만들고자 하는 대표, 얼른 진행하라고 독촉하는 대표에게 치여 고통받는 본부장급 직원, 나아가 웹소설 출판사를 차려 이 시장에 새롭게 들어오고자 하는 예비 대표들이 절실히 찾아 헤매는 정보다. 한마디로 말단 실무자보다는 대표를 포함한 임원급, 그리고 실무자 중에선 본부장급에게 훨씬 더 유용한 내용이다. 사내에서 팀을 구성하고 사람을 뽑을 권한이 있는 인사권자와 경영자가 이번 내용을 주의 깊게 읽고 잘 활용하길 바란다.

출판업 시작을 위한 기초 업무

새로 출판사를 설립한다면 출판업을 시작하기 위한 기초 업무가 선행되어야 한다. 가장 중요한 기초 업무로는 사업자 등록과 출판사 신고가 있다. 사업자 등록 시 출판업으로 등록하면 '면세'이기는 하지만, 앞으로 생길 다양한 변수를 고려해야 한다. 사업이 잘된다는 전제로 캐릭터 사업 진행 등 면세 분류 항목을 넘어서는 경우도 생길 수 있다는 점을 유념해야 한다.

웹소설 출판업에 도전하려는 시점에 의외로 많은 이들이 생각지 못하는 것이 있다. 오프라인 사무실이 없는 상태에서 부서를 세팅하거나 작가를 섭외하여 작품을 계약하는 건 불가능하다고 봐야 한다. 이런 당연한 소리를 왜 하느냐 묻는다면, 이러려는 사람들이 실제로 존재하기 때문이다. 정규 인력이 다 세팅되고 작품 계약이 준비된 후 사무실을 얻겠다는 생각으로는 실질적인 시스템을 구축할 수 없다. 사무실이 없는 상태로는 정규 인력을 뽑는 것이 거의 불가능하다. 이런 식으로 웹소설 출판사를 차릴 생각이라면 다른 사업을 하는 게 낫다.

1인 기업으로서 웹소설 출판에 도전한다면 어떨까? 1인 기업이 사무실부터 덜컥 임대하는 건 무리라고 생각할 수 있겠지만, 사무실이 없으면 작가 섭외 단계에서 난항을 겪게 된다. 어떤 작가도 회사 주소가 가정집 아파트로 되어 있는 곳을 전문 업체라고 생각하지 않으며, 경계와 의심을 부르게 된다. 과거에는 가능했을지 몰라도 지금은 안 된다. 사무실 없이는 새로운 작가와의 계약이 불가능하다. 대표 자신이 편집장 출신이거나 웹소설 시장에서 이름이 알려진 경우라 작가군을 이미 데리고 있는 상태가 아니라면 말이다.

출판업을 시작하기 위해서는 출판 및 인쇄진흥법과 그 시행령에 따라 공식적인 절차를 밟아야 한다. 출판사 신고 시 사업장 매매 계약서(사업장 임대차 계약서), 법인인 경우 법인 등기부 등본도 필요하다.

사업자 등록이 되어 있지 않을 경우, 출판사가 소재한 관할 세무서에 사업자 등록 신청을 해야 한다. 이때 출판사 신고필증 사본이 필요하므로 두 신고를 연달아 하는 것이 편리하다. 출판사만 설립한다면 과세 특례로 부가가치세가 면제되는 면세 사업자 등록증을 받을 수 있다.

출판업은 처음부터 반드시 법인일 필요는 없고, 개인 사업자로 시작해도 된다. 실제로 개인 사업자 상태의 출판사도 많다. 이는 웹소설 시장만의 특성은 아니고 종이책을 포함한 출판 시장이 그러하다. 차후 회사 매출이 커진다면 법인으로 변경하는 게 훨씬 이득이다.

기존 출판사라면 이미 출판사로서 자리 잡은 상태로 경영 업무가 진행되어왔을 테니 이러한 기초 업무를 다시 할 필요가 없다.

출판사 상호도 중복되지 않게 정해야 한다. 미용실이나 술집은 같은 이름이어도 지역만 다르면 크게 문제가 안 되지만, 출판업은 다르다. 이미 존재하는 업체의 상호와 중복되면 서점(플랫폼)과의 거래에서 복잡한 문제가 발생하게 된다. 기존 종이책 출판사라면 혼동과 편견을 피하기 위해 웹소설 브랜드를 임프린트로 따로 내는 것도 좋다. 이 브랜드는 웹소설 플랫폼에서 작품을 유통할 때 활용하게 된다. 새로 출판사를 차렸다면 되도록 상호를 잘 짓고 상호 그대로 브랜드화하여 회사의 인지도를 높이는 것이 좋다.

기존 출판사든 신규 출판사든 반드시 유념해야 할 원칙이 있다. 웹소설 시장에서는 '저작권료 지급' 업무가 아주 상세하게, 그리고 빠른 주기로 진행된다. 인세 내역 발송과 함께 인세 지급 역시 무조건 매달 진행되는 것이 기본이다. 이는 어찌 보면 출판사를 운영하는 대표에게 부담스러울 수 있는 경영 문제다. 그보다도 앞서 담당 부서(경영지원팀 혹은 회계팀) 직원들이 괴로워할 만한 이슈다. 임원진은 이 업무 과중 문제가 불거지지 않도록 인력 관리와 업무 조절을 해줄 의무가 있다.

확정되어야 할 웹소설 부서 핵심 인력

① 편집자(PD): 작가 섭외부터 계약, 원고 관리, 편집, 사후 관리 등 책 한 권이 나오기까지의 과정을 시작부터 끝까지 컨트롤하는 담당자

다. 전문 인력을 제대로 확보하고 싶다면 경력직 팀장을 먼저 뽑은 다음, 그 팀장이 하위 인력을 뽑게 하는 것이 좋다. 작게 시작한다면 한 명으로 시작해도 되지만, 회사의 구조가 대표 한 명, PD 한 명일 때 과연 그 직원이 버틸 수 있을까? 좋은 인력을 뽑을 수 있을까? 한 명만 뽑을 생각은 처음부터 하지 말자. 대표가 편집자 역할을 직접 하면서 회사를 성장시키고 이후 충원하는 편이 차라리 낫다.

② 디자이너: 그래픽 표지 디자인을 기본으로 하되, 일러스트 표지의 경우 외주로 완성된 일러스트 원본에 작품 제목을 얹는 등의 작업을 한다. 때로는 이벤트 페이지 제작 등 다양한 디자인 업무가 급히 생기므로 이를 완전히 외주로 돌리기란 쉽지 않다. 외주로 돌리더라도 여기저기에 맡기지 말고 꾸준히 한 사람에게 맡기는 시스템을 구축해야 작품 출간 작업이 문제없이 돌아간다. 사업 초기부터 여러 명을 둘 필요는 없고 일정 분량은 외주로 내보내도 무방하다. 출간작 수가 늘어나면 외주 비용이 기하급수적으로 증가하므로 차라리 정규직 한 명을 뽑는 것이 낫다. 일주일에 열 종씩 출간되지 않는 이상 디자이너가 여러 명일 필요는 없다. 단, 표지 디자인을 전문으로 하지 않는 디자이너에게 표지 디자인을 맡기면 퀄리티 문제가 생긴다는 사실을 유념하자.

③ 전자책 제작 및 등록 담당: 말 그대로 전자책 파일(epub)을 만들고 이를 각 플랫폼에 등록하는 역할이다. 사업 초기 계약작이 아주 적은 시점에는 일부 업무를 다른 파트 직원들이 맡을 수도 있다. 그러

나 장편 연재가 진행될 시 파일이 수백 개에 이르기 때문에 그 작업이 결코 녹록지 않다. 특히 편집부에서 완전히 병행하기란 거의 불가능하다. 그래서 외주로 뺄 생각을 많이들 하지만 위험 부담이 큰 영역이라 내부에서 해결하는 게 좋다. 우선 자료(작품) 유출의 가능성이 있고, 해당 인물에게 플랫폼 센터의 접속 권한을 줘야 하기에 회사 기밀이 유출될 우려도 있다.

④ 마케터: 편집부와 플랫폼 사이에서 긴밀히 소통하며, 작품의 개별 마케팅을 담당한다. 편집자 혹은 편집장이 직접 마케팅을 할 수도 있으나 이렇게 되면 시간과 정신적 한계로 놓치는 부분이 생길 수 있기에 웬만하면 마케터를 따로 둘 것을 권한다. 물론 이렇게 마케터가 별도로 존재하더라도 편집부 직원들이 아예 손을 놓는 건 아

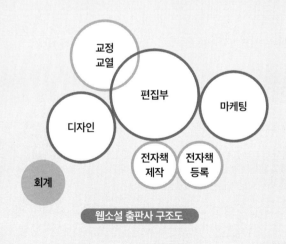

웹소설 출판사 구조도

니다. 작품을 가장 잘 아는 담당 PD가 어떻게든 관여하여 협업의 형태로 진행된다.

앞에서 말한 구성원들은 사내에 정규직으로 들이길 권장한다. 기존 출판사에서는 팀장 한 명, 평사원 한두 명 정도로 꾸리는 게 무난하고 출간작과 매출이 증가하는 대로 인원을 늘린다.

하지만 새로 사업을 시작하는 상황에서는 모든 인력을 내부 정규직으로 세팅하는 것이 쉽지 않은 선택이다. 자칫 출간하기도 전에 초기 자본금을 인건비로 날리는 일이 발생할 수 있다. 초반에는 출간할 수 있는 작품 수가 적으므로 대표가 멀티로 일한다는 마음으로 움직이면서 성장 가능성이 보일 때마다 인원을 확보하는 것이 좋다.

실제로 웹소설 시장에는 대표가 홀로 일하는 1인 출판사도 많다. 대체로 편집장 출신 대표가 새로 회사를 차리고 곧바로 절친한 작가들과 계약한 케이스일 때 순조롭게 성장한다. 대표가 편집장 출신이라면 업무 단계와 인력 세팅을 알아서 할 수 있겠지만, 대표가 이 바닥을 모른다면 직접 세팅하기에는 어려움이 따른다. 그러니 반드시 경력직 팀장을 뽑아서 인사권을 주되, 면접을 같이 보는 방향을 권한다. 단, 이 타이밍에 팀장을 잘못 뽑는다면 그 역시 문제가 된다. 웹소설 업계를 하나도 모르는 대표가 뜬금없이 순문학 쪽 경력자를 팀장으로 세우고 함께 자멸하는 일이 흔하다.

사내 부서를 구성할 땐 편집부에 디자인, 전자책 제작 및 등록을 담당하는 직원이 함께 소속되는 형태가 바람직하다. PD들만 편집부 소속이고 다른 업무를 담당하는 실무자들은 회사 성격에 따라 다른 부서에 배치하는 것도 업무상 문제는 없다. 하지만 이 구조는 직장 생활 중 부서 간 피곤한 갈등을 유발할 수 있다.

기존 출판사에서 웹소설 부서를 새로 만들면서 다른 부서에 소속된 디자이너와 작업해야 하는 등 웹소설 관계된 직원들의 부서가 분리되어 있다면 웹소설 관련 업무가 부차적인 잡무가 될 가능성이 있다. 사내에서 웹소설 제작팀의 위치가 강등되어 있다면 웹소설 담당 편집부가 업무 역량을 펼치는 것이 쉽지 않다. 협업이 잘될 수 있도록 정리하는 일이 중요하다. 이런 문제로 협업이 힘들다면 웹소설 부서에서는 독자적으로 외주를 쓸 수 있도록 하는 게 좋다.

외부 인력(프리랜서)으로 돌려도 되는 업무 영역

① 교정·교열: 작가의 원고를 100% 그대로 출간할 수 있는 경우는 흔하지 않다. 날것의 원고를 상품화 가능하도록 텍스트를 다듬어주는 작업이 필요하다. 오탈자, 맞춤법, 띄어쓰기, 비문 등의 문제를 바로잡으며 때로는 내용상 오류를 찾아내 작가가 수정할 수 있도록 제삼자의 눈으로 확인해준다. 회사의 규모와 정책, 예산에 따라 다르게 편성할 수 있다. 프리랜서 배정 및 의뢰는 편집부에서 컨트롤한다.
② 일러스트 제작: 표지 혹은 내지에 들어갈 삽화를 그리는 작업이다.

독자적으로 활동하는 일러스트레이터에게 그림을 의뢰하는 경우가 대부분이다. 해당 작품 담당자가 섭외하고, 기획서를 만들어 준비하는 것이기에 이 역시 편집부에서 컨트롤하는 영역이다.

이 업무들은 현재 많은 웹소설 출판사가 외주 인력으로 메우고 있다. 종이책 출판사들도 이미 이렇게 하고 있으며 웹소설 출판사만의 특이한 방식은 아니다.

표지나 삽화로 들어가는 일러스트의 수가 아무리 많아도 일러스트 전문 작가를 내부 직원으로 고용하는 것은 업무 성격상 무리다. 개별 작품에 어울리는 다양한 그림체가 필요한데 한두 명의 외주자가 다양한 그림체로 마감 기한에 맞춰 동시에 제작한다는 건 업무 특성상 불가능하므로 응당 외부 전문 인력을 섭외해야 한다.

교정·교열은 편집 단계에 속하므로 편집부에서 처리하는 것이 가능하다. 단, 편집자가 교정·교열을 할 수 있는 능력이 있고 이 업무를 잡고 있을 만큼 시간이 넉넉하다는 전제가 되어야 한다. 편집자는 각종 업무를 동시에 처내야 하는 경우가 많아 교정·교열까지 전부 보는 것이 시간상 불가능할 때도 있다.

때로는 교정·교열을 외주로 빼기보다 내부 인력을 충원해 진행하는 편이 인건비가 저렴해진다. 출간 종수가 너무 많은 업체는 아예 교열팀을 따로 편성하여 편집부에서 컨트롤할 수 있도록 만들기도 한다.

교열팀 소속 직원은 작가 섭외나 관리 등의 업무는 전혀 하지 않고 오로지 들어오는 원고를 교정만 하는 인력이다. 교정 능력이 높다는 전제로 업무 자체의 스트레스는 덜하겠지만 PD로 성장하는 것이 불가능하다. 운영하는 임원 입장에서는 인력이 자꾸 도망갈 수 있어서 양날의 검일 수 있다. 같은 의미로 웹소설 PD를 지망한다면 교열팀으로 들어가서는 안 된다. 교열팀에 들어갔다가 편집부의 PD로 재배치되는 일은 드물다. 더욱이 연봉을 올리는 일도 무척 어렵다.

참, 출간한 작품이 높은 매출을 기록할 경우 웹툰 등 IP 사업이 진행될 수도 있다. 요즘에는 웬만히 잘된 작품들은 웹툰화되는 추세다. 그러나 거기에 필요한 인력을 미리 세팅하며 김칫국부터 마시지는 말자. 일단은 웹소설로 살아남는 일이 우선이다. 이달 직원 월급과 작가 인세를 무사히 지급하고 다음 달도 그다음 달도 제날짜에 줄 수 있어야 장밋빛 미래를 그릴 수 있다.

새내기 대표라면 만용 및 인맥 금지

만약 새로 웹소설 출판사를 설립할 계획이라면, 위의 영역 중 자신이 어느 업무를 담당할 수 있는지에 따라 시스템이 달라지고, 초기 사업 자금의 지출 금액이 달라질 것이다.

그러나 자신이 '뭐든 할 수 있다'고 근거 없는 자신감을 보이는 경우는 예외다. 웹소설 관련 실무 경험이 아예 없다면 그냥 전문적인 능력을 가진 인력을 세팅하는 편이 실패할 확률을 낮추는 길이다.

대신 전자책 제작이나 등록 업무는 실무 경험이 없더라도 프로그램 사용법을 배워 할 수 있는 영역이다. 웹소설 전자책 파일은 구조가 복잡하지 않다. 표지 이미지와 일반적인 글꼴의 텍스트, 그리고 판권이 전부다. 내부에 삽화가 들어가는 작품도 가끔 있지만 자주 있는 일이 아니다. 고난도의 내지를 제작하는 것이 아니니 솔직히 대표가 배워서 직접 해도 무방하다. 물론 경력에 따라 기술이 생기기 때문에 경력 직원이 더 빨리 많은 작업을 할 수 있다는 장점은 무시할 수 없다. 어쨌거나 사업 초기에 작은 출판사에서는 대표가 이를 담당하는 것도 나쁘지 않다고 본다.

덧붙이자면, 인맥을 동원하여 인건비를 저렴하게 쓰면서 겸사겸사 그들의 포트폴리오를 만들어주려는 생각은 한마디로 회사 망치는 지름길이다. 있던 작가도 계약을 파기하고 도망갈 짓이니 절대로 실행에 옮기지 말자. 대표 및 임원진의 친구나 조카, 자식 등 다양한 주변 인물이 돈 주고 사라면 결코 사지 않을 아마추어 수준의 그림을 표지로 넣어보려는 농간을 부린다(혹시라도 대표가 이렇게 시키면 PD는 결사반대 해야 한다).

출판사를 운영한다고 하면 주변의 온갖 인간들로부터 '내 원고를 읽어보고 책을 내달라'는 소리를 듣게 된다. 대표의 고교 문학 동아리 친구의 도통 알 수 없는 순문학 원고를 검토해야 하는 웹소설팀 편집장의 마음은 어떨까? 임원의 지인인 순문학 작가의 웹소설 도전작을 담당해야 하는 PD의 마음은 또 어떨까? 이는 업계에서 자주 일어나는 일이고, 북마녀도 경험한 바 있다. 이런 원고가 인맥발로 출간된다면 회사의 성장을 극심히 저해하게 된다.

이렇게 웹소설 부서 구성과 효율적인 업무 분장을 정리해보았다. 개별적인 집중 컨설팅의 효과보다는 못하겠지만 그래도 웹소설 출판사가 어떻게 돌아가며 어떤 구조로 팀을 짜야 할지 이해했으리라 기대한다.

너무 적나라한 상황을 전달한 탓에 출판의 꿈을 포기한 이가 있을지도 모르겠다. 그러나 사람을 보는 눈과 작품을 보는 눈이 있다면 어떻게든 살아남고 대박 작품을 낼 수 있는 곳이 웹소설 시장이다. 용기를 잃지 말자!

북마녀의 웹소설 프로듀싱 아카데미

2025년 2월 27일 1판 1쇄 인쇄
2025년 3월 13일 1판 1쇄 발행

지은이　북마녀
펴낸이　한기호
책임편집　유태선
편집　도은숙, 정안나, 김현구, 김혜경
디자인　늦봄
마케팅　윤수연
경영지원　국순근
펴낸곳　요다
　　　　출판등록 2017년 9월 5일 제2017-000238호
　　　　주소 04029 서울시 마포구 동교로12안길 14, 2층(서교동, 삼성빌딩 A)
　　　　전화 02-336-5675　팩스 02-337-5347
　　　　이메일 kpm@kpm21.co.kr
　　　　홈페이지 www.kpm21.co.kr

ISBN　979-11-90749-87-9　03800